ベリーズ文庫

契約婚初夜、冷徹警視正の激愛が溢れて抗えない

滝井みらん

JN032105

STARTS
スターツ出版株式会社

目次

契約婚初夜、冷徹警視正の激愛が溢れて抗えない

契約婚初夜、冷徹警視正の激愛が溢れて抗えない

見合い相手は警視正

「もう莉乃《りの》の誘惑に抗えないってことだ」

彼が私の頭をガシッと掴《つか》んで熱く口づける。

そんな風に情熱的にキスをされたのは初めてだった。

彼に唇を奪われただけでおかしくなりそう。

「誘惑なんてしてません」

唇が離れ、その切れ長二重の魅惑的な目をじっとりと見て抗議した。

「俺の前にいるだけで誘惑してる」

どこか吹っ切れたような顔をしてフッと微笑する彼に、真顔で反論する。

「いつだってちゃんと服着てますよ」

「お前のその目が俺を誘うんだ。いいから黙ってろ」

彼が私の唇にその長い人差し指を押し当て、ベッドサイドの照明をつけた。

「あ、脚は見ないで。……怪我《けが》の痕《あと》、醜いから見られたくない」

動揺しながらお願いする私の頬に彼がそっと触れてくる。

「醜くなんてない。莉乃の身体は綺麗《きれい》だよ」

とても優しい目で告げられたけれど、反射的に「嘘《うそ》」と否定した。

気休めなんていい。彼が醜い傷跡を目にしても私を抱けるとは思えない。

「嘘じゃない」

彼は甘い声で告げると、再びキスをしながら私をベッドに寝かせ、自分が着ていたバスローブを脱ぎ捨てた。

均整の取れたその身体を見て、ゴクッと唾《つば》を飲み込む。

スリムながらもほどよく筋肉がついているボクサー体型。普段鍛えているせいか腹筋も割れている。あまりに美しくて目に眩《まぶ》しい。

その身体に見惚《みと》れていたら、彼が私のバスローブの紐《ひも》を外して、首筋から鎖骨へと唇を這《は》わせてきた。

「あ……ん」

思わず艶《つや》っぽい声が出て自分でも驚いていると、マジシャンじゃないかと思うくらい素早い動きで、彼が私のブラを取り去った。

とっさに胸を隠そうとする私の手を、彼が掴んで阻止する。

「どうして隠す？」

「恥ずかしくて……心臓がおかしくなりそうです」

身体をもじもじさせながら伝えると、彼が小さく笑った。

「綺麗なんだから隠さなくていい。それに、俺も心臓がバクバクしてる」

「嘘ですよ。そんなの」

私を落ち着かせるために言っているのだろう。

「本当だ」

彼は優しい声で告げて、初めてで少しパニックになっている私の手を自分の胸に押し当てた。

触れただけでわかるその速い鼓動。

「……心臓、ドクドクいってる」

平然としているように見えたのに、彼も私と同じように緊張していると知ってビックリした。

「俺も怖いんだ。欲望のまま抱いて莉乃を怖がらせたくないからな」

彼の告白が嬉《うれ》しくて、胸が熱くなった。

義理で抱くんじゃない。柊吾さんは私を心から求めてくれている。

「私、これでも強いから大丈夫ですよ。思い切り抱いてください」

彼に抱かれるなら本望だ。

たとえこの結婚が永遠のものではなくても後悔はしない。

大好きなそのブランデー色の双眸《そうぼう》を見つめて微笑《ほほえ》み、手を伸ばして彼の髪に触れた。

「それは頼もしいな」

クスッと笑って恭《うやうや》しく口づけると、彼は私の胸を揉《も》みしだきながら、その唇を首筋にゆっくりと這わせる。

「あっ……」

身体がゾクゾクしてとっさに声をあげたら、彼が私の耳朶《みみたぶ》を甘噛《あまが》みしてきた。

「肌も白いし、すべすべしてて綺麗だな」

耳元で囁かれ、彼のその甘くて低い声が直接脳に響く。

「そ、そんな感想いりません」

恥ずかしくてギユッと目を閉じて文句を言うけれど、彼はやめずに続けた。

「胸だって身体は華奢《きゃしゃ》なのに意外とあるんだな」

「だ、だから、言わないで」

目を閉じていても視線を感じ、腕で胸を隠そうとするも再び彼に阻まれる。

「隠すな。もう全部俺のものなんだから」

その独占欲剥《む》き出しの発言にハッとして目を開ければ、彼と目が合った。

「全部俺のもの？」

彼の言葉の真意がわからなくて聞き返すと、当然のように言われた。

「俺の奥さんだろ？」

この上なく甘い目で言われ、胸に温かいものが込み上げてくる。

「柊吾《しゅうご》さん……」

「莉乃。返事は？」

優しい声で問う彼を見つめ、「はい」と頷《うなず》いた。

その声も、その顔も、彼のすべてが愛おしい。

腹黒くても、紳士じゃなくても……私が欲しいのはこの世でたったひとり。

今、私の瞳に映っているあなた――。

彼と契約結婚をした時は、こんなにも好きになるなんて思ってもみなかった。

遡ること十二月初旬――。

「今日の映画、よかったですね～。斗真《とうま》さまがすごくカッコよかった～。入場特典の斗真さまストラップもゲットできましたよ～」

映画館でゲットしたストラップを手にしながら、推し活仲間《おかつなかま》の華子《はなこ》さんに目を向けにっこりする。

今日はこの冬一番の寒さだと天気予報で言っていたけれど、映画に満足している私の心はとても温かい。

「ホントね。断崖絶壁でのシーンでは落ちるんじゃないかと思ってドキドキしたわ〜。あそこに聖地巡礼に行くのもいいわね」

華子さんが胸に手を当てながら興奮気味に言う。

私と華子さんがいるのは、映画館の近くにあるカフェ。私の好きなアニメ映画『クールに事件を解決します』の鑑賞後に、ふたりでコーヒーを飲みながら推しメンに浸っている。

アニメの主人公の九条《くじょう》斗真さまが私たちのいち推し。

斗真さまはクールで眉目秀麗《びもくしゅうれい》、警視庁いちの頭脳の持ち主だ。同僚には〝氷帝〟と呼ばれているが、子供にはとても甘くて優しい。

そんな斗真さまを映画のスクリーンで見て、私と華子さんは目をハートにしていた。

彼女は七十二歳の和装が似合うおばあさんで、いつも運転手付きの黒塗りの車で現れる。素敵な洋館に住んでいて、その服装や佇《たたず》まいからかなりのお金持ちと思われるが、私はそんなことに興味はない。華子さんがとても気さくな人で、年は離れているけれど私と馬が合うから、こうして一緒に推し活を楽しんでいるのだ。

かく言う私は櫻井《さくらい》莉乃、二十七歳。港区《みなとく》にある図書館に勤務していて、独身で彼氏なし。

背は百五十六センチ、童顔で、髪型は黒髪ロングのストレート。黒目が大きく、前髪パッツンなので、隣の家の幼馴染に〝座敷わらし〟とよくからかわれる。

「私もぜひご一緒させてください」

斗真さまが犯人と対峙《たいじ》したあの断崖絶壁に行ってみたい。

華子さんの手をギュッと握って賛同したら、彼女がフフッと笑った。

「莉乃ちゃんが一緒ならいい旅になりそうね。あ〜、それにしても、見れば見るほど斗真さまはうちの孫にそっくりだわ」

そういえば、華子さんと初めて会った時も、そんなことを言ってたっけ。

あれは二カ月前、うちの近所のコンビニで斗真さまのクリアファイルをゲットしたら、紫色の着物を着た上品そうなおばあさんが、『そのクリアファイルはどこに置いてあるのかしら？』と聞いてきた。それが、華子さん。

まさかおばあさんが斗真さまのクリアファイルを欲しがるなんて思ってもみなかっ

たからキョトンとしてしまって……。

そんな私に、華子さんは『孫に似てるのよ』とかわいらしい笑顔で言ったのだ。

それで、ある缶コーヒーを三つ買うともらえることを教えてあげると、そのお礼に彼女の家でコーヒーをご馳走《ちそう》になり、親しくなった。

華子さんに斗真さまの話をすると、『私もその推し活とやらをしてみたいわ』と興味を持ったようで、それ以来、彼女と一緒に斗真さまの推し活をしている。

「そんなに似てるんですか？」

とても気になって掘り下げて聞く私に、彼女は嬉しそうに孫のことを語った。

「顔も声も似てるし、誰に対しても冷たくて容赦《ようしゃ》ないところまでそっくり。おまけに孫も警視庁に勤めているの」

「お孫さん、警察官なんですね。そんなに斗真さまに似てるなんて気になります。お写真はないんですか？」

現実世界に斗真さまにそっくりな人がいるなら、ひと目でいいから見てみたい。

「最近、全然写真を撮る機会がなくて、持っていないのよ」

少し残念そうな顔をする彼女の話に相槌《あいづち》を打つ。

「ああ。大きくなるとそういうものですよね」

華子さんは普段孫に会えない寂しさを推し活で紛らわせているのだろう。

「ねえ、莉乃ちゃん、よかったら孫と会ってみない？　莉乃ちゃんだったら、柊吾にピッタリだと思うの。何度お見合いさせてもあの子は仕事一筋で、まったく結婚する気がなくて」

「そうなんですね。でも、そのうち落ち着くのではないでしょうか？　タイミングもあるでしょうし」

私自身、もう二十七歳ということもあって、両親や親戚の叔父さんからよく見合い話を持ちかけられるから、お孫さんが乗り気になれない気持ちはわかる。

これまで良家の子息と四回見合いをしたが、全部断られた。中学から大学まで女子校だったため、男性と話すのが苦手で退屈させてしまったというのもあるし、脚に大きな傷跡があるのも理由のひとつだと思う。

小学六年生の時、ひとつ年下の幼馴染と近所の歩道を歩いていたら、工事中のビルの上から鉄筋が落下してきて、とっさに幼馴染をかばって脚を負傷したのだ。何度か手術をして歩けるようにはなったけど、たまに痛みがあってぎこちない動きになるし、膝裏からふくらはぎにかけて醜い手術痕も残っている。

「もう三十二よ。恋人もいないようだし、このままだと一生独身だわ。だからね、莉乃ちゃん、会うだけでもいいから、会ってくれない？」

男性で三十二歳ならそう焦ることはないと思ったが、彼女が気を悪くしないようそのことには触れず遠回しに言った。

「あの……華子さん、でも私、脚もこんなですし、お孫さんをがっかりさせてしまうと思うんです」

自分の脚のことに触れて断ろうとする私の両手をしっかりと掴み、華子さんはすごい剣幕で押し切る。

「莉乃ちゃん、そんな風に自分を卑下《ひげ》しちゃダメ。莉乃ちゃんは気立てのいい優しい子だもの。きっとあの子も気に入るわ」

これは一度会わないと諦めてくれないだろう。

断られるのは目に見えていたけれど、彼女の気持ちも考えて「わかりました」と仕方なく了承した。

その週の土曜日、私は新宿《しんじゅく》にある高級ホテルのラウンジにいた。

時刻は午後五時五十分。

華子さんの指示通りに、彼女が用意したエンジ色のワンピースを着て、奥の席にひとり座っている。

「ちょっと早く来すぎたかな」

腕時計を見てハーッと息を吐く。

約束の時間は午後六時。昨日は緊張であまり眠れなかった。

ひょっとしたらキャンセルの電話がかかってくるかもしれないと思い、バッグからスマホを出してじっと見つめる。

華子さんの話では、お孫さんの名前は久世《くぜ》柊吾といって、過去に難事件をいくつも解決してスピード出世したエリート警視正らしい。

私の推しの斗真さまと同じ役職。名前も斗真さまに負けないくらいイケメンそうな感じ。『ひと目見れば孫とわかる』と言われたけど、どんな人なのだろう。

でも、突然見知らぬ女に会えと言われて素直に来るとは思えない。普通は拒否する。

「やっぱりちゃんと華子さんに断ればよかったな」

お孫さんにも悪いことをしちゃったかも。私って……強く言われると断れないのよね。

お孫さんが現れなかったら、気分転換に斗真さまの映画を観ていこう。せっかく新宿に来たんだもの。今日はまた違う入場特典だから、ゲットできたら嬉しい。

「えーと、どこかいい席は空いてないかな」

ひとりで観るなら隅っこの席がいい。

スマホを操作して映画のチケットを購入しようとしたら、斗真さまの声が聞こえた。

「櫻井莉乃さんですか？」

低くてクールなイケメンボイス。

え？　まさか本物の斗真さまじゃないよね？

スマホから顔を上げて正面を見ると、斗真さまに瓜ふたつのスーツ姿の男性が立っていた。

ダークブラウンのサラリとした短髪に、切れ長二重の魅惑的な目。その瞳はブランデー色で、どこかミステリアスだ。身長は百八十五センチほどあるだろうか。日本人離れをした端正な容姿をしている。

夢でも見ている？　現実世界にもこんな美形がいるなんて。

「……はい」

呆然《ぼうぜん》としながら返事をすると、彼はスマートに自己紹介する。

「はじめまして。僕は久世華子の孫の久世柊吾といいます」

柊吾さんはスーツの内ポケットから黒のカード入れを出して免許証を私に見せた。

お写真もとっても格好よくて観賞用に欲しくなる。

この誰にも笑いかけなそうな冷たい顔がいい。でも、警察手帳じゃなくてちょっと残念。まあ、警察手帳なんてホイホイ見せるものじゃないよね。

「あっ、私も身分証を……」

バッグの中を探って身分証を見せようとしたら、落ち着きのあるイケボで断られた。

「大丈夫です。祖母にあなたの写真を見せてもらったので。もうなにか頼まれましたか？」

柊吾さんが向かい側の席に着き、私はひとり感動していた。

声もヤバい。脳まで蕩《とろ》けそう。こんな近くで話しかけられたら失神しちゃうかも。

「……さん、莉乃さん？」

「はっ、あっ……すみません。あまりにカッコいい方なのでビックリしてしまって」

華子さんが自慢する気持ち、よくわかります」

「そんなにカッコいいですか？」

フッと笑いながら確認する彼を見て、また胸がドキッとした。

わ、笑った。

華子さんは誰に対しても冷たくて容赦ないと言ってたけど、笑顔も素敵。

冷笑に近い笑いだったけど、そこがまたいい。

「一生眺めていたいくらいですか……って、あっ……ごめんなさい」

わー、本人相手になにを言っているの？

少しは自制しなさい……と自分を叱咤《しった》していたら、彼が気を悪くした様子もなくメニューを手に取った。

「気にしないでください。それで、なにも頼まれていないですよね？　なにがいいですか？」

今はじっくりメニューなんか見る余裕がなくて、とりあえず最初に目に入った飲み物を頼む。

「あっ、ではブレンドコーヒーを」

「ブレンドですね。すみません。ブレンドふたつ、お願いします」

店員さんを呼んで注文する柊吾さんをジーッと見つめた。

どうしよう。彼に聞きたいことがありすぎてわくわくしている。お孫さんに会わせてくれた華子さんに感謝だ。

いつも見合いではガチガチに緊張してなにも話せない。話せたとしても推し活の話を一気に捲《まく》し立てるだけ。会話にならず、お互い気まずくなって見合いは終了というパターンだ。

「あの……休日でも警察手帳って持ち歩くんですか？」

我慢できなくて、彼に早速質問する。

「ええ。義務なんですよ」

淡々と答える姿がまた麗《うるわ》しい。

彼の同僚になりたいな。彼のデスクを掃除する人でもいい。

一日に一回、その秀麗な顔を見られるだけで、私はハッピーだ。

「警視庁ではどんなお仕事をされているんですか？」

ハイテンションで尋ねる私とは対照的に、彼はクールに返す。

「テロ組織の対策本部の本部長をしています」

日本は治安のいい国だと言われているけれど、地下鉄や空港で爆破事件などが度々起こっていて、三年前にも都内の有名大学が爆破され負傷者が出ている。それ以降は大きな爆破事件のニュースはないけれど、それは恐らく警察がテロを未然に防いでいるからだろう。

この若さでそんな重要部署の本部長なんて、相当有能な人に違いない。

「それは大変なお仕事ですね。怖くはないですか？」

警察官相手になにを質問しているんだ……って、聞いてすぐに後悔したけれど、彼は淡々と答える。

「テロ犯を怖いと思ったことはないですよ。テロで多くの人が死ぬことの方が怖いです」

ああ～、なんて尊いの。この人、斗真さまと同じようなことを言っている。心も斗真さまだ。

ジーンと胸が熱くなって、しばし感動に浸る。

「……さん、莉乃さん」

再び柊吾さんに名前を呼ばれ、前のめりで彼に目を向け返事をした。

「は、はい、なんでしょう？」

「コーヒー来ましたよ」

彼に言われて、慌ててカップを手に取る。

「あっ、はい。いただきます」

いけない。つい斗真さまと彼を重ねちゃった。

コーヒーをゴクゴク飲んで、いつも手錠や拳銃は携帯しているのかとか、素朴な疑問をぶつける。

柊吾さんもコーヒーを口に運ぶが、その仕草がとても絵になっていて見入ってしまった。

あ～、できることなら写真が撮りたい。でも、そんなことをしたら失礼だから、しっかりと目に焼きつけよう。

リアル斗真さまに会えるなんて、これが最初で最後かも。

私が質問するたびに、彼は色気を感じさせる低音の声で返す。

この時間が永遠に続けばいいのに。

でも、私が一方的に質問してばかりで、柊吾さんは淡々と答えるだけ。

もういい加減解放されたいよね。ついつい興奮してしまった。

彼は本気で見合いしようとは思ってないだろうし、早く帰らせてあげなければ。

話が落ち着いたところで、テーブルに置かれた会計伝票を手に取る。

「今日はお忙しいところありがとうございました。お仕事頑張ってください」と告げて席を立とうとしたら、突然柊吾さんに手を掴まれ、会計伝票を奪われた。

「待ってください。まだ話は終わってないですよ」

「え？　あの……終わってないって？」

戸惑いながら柊吾さんを見つめると、彼は私の手を離し、警察官らしいスマートな口調で話しだす。

「実は祖母から話を聞いた後で、あなたのことを調べさせてもらいました。祖母は久世家の人間なので、近づいてお金をせびる輩《やから》もいますから」

「久世家……？　お金をせびる？」

小首を傾《かし》げて説明を求める私に、彼は私の目をじっと見据えて問う。

「その顔だと祖母が何者か知らないようですね。久世グループと言えばわかりますか？」

声音は穏やかだが、その眼光は獲物を狙う狼のよう。

その目にハッとしながらもポツリと呟《つぶや》く。

「久世グループ……」

その名を聞いて知らない者はいない。

久世グループは日本を代表するグループ企業で、国内外に金融、鉄道、不動産、電力等の事業を展開している。グループの総売上高は七十兆円を超え、創業者の久世一族は過去に何度か総理大臣を輩出している名家だ。

うちの父も久世グループの系列の『K商事』で働いている。

華子さんがその一族の人だったなんて……。道理で品があるはずだ。ということは、目の前にいる彼も当然久世一族のひとりということ。

大きく目を見開いて驚きつつも、「私……華子さんにお金をせびったりしていません」と否定する私を見て、柊吾さんは小さく頷いた。

「莉乃さんがそういう人間ではないことはもうわかっています」

「……私、もう華子さんに会わない方がいいでしょうか？」

大事な家族が見知らぬ女と頻繁《ひんぱん》に出かけていたら不安に思うよね。しかも、ただのおばあさんじゃない。

「今まで通りでいいです。莉乃さんと推し活をしていたお陰で、それまで入退院を繰り返していた祖母がとても元気になりましたから」

初めて聞く話にショックを受けた。

「華子さん……どこか悪かったんですか？」

いつも会うとニコニコ笑っていて元気そうなのに。

でも、言われてみれば、初めて会った時は、上品だけど、あまり覇気《はき》がなく弱々しい感じだったかもしれない。

「心臓を少し悪くしていましたが、今はすごく体調がいいようです」

彼が少し頬を緩めてそんな話をするので安堵《あんど》する。

「そうなんですね。私もできるだけ華子さんの無理のないように注意します」

「よろしくお願いします。では、これでやっと本題に入れます」

華子さんの話でもう終わりかと思っていたので、驚いて聞き返した。

「え？　まだなにか？」

「来週の土曜日はご両親は家にいらっしゃいますか？」

柊吾さんは少し表情を緩め、私をじっと見つめて確認する。

うっ、至近距離でそんなに見つめないでほしい。心臓がおかしくなりそうだ。

「た、多分いますけど」

なぜそんなことを聞くのだろう？

話が見えずキョトンとする私に、彼は事務的な口調で説明する。

「では、土曜日の午後は空けておいてください。挨拶に伺います」

「へ？　挨拶？　なぜ？」

変な声が出てしまったが、仕方ないと思う。彼がうちに挨拶に来る理由がわからないのだから。

「結婚の挨拶ですよ」

まだわけがわからず、心の声をそのまま発してしまう。

「誰と誰が？」

「もちろん僕と莉乃さんです」

彼が真剣な顔で告げるのを聞いて、動揺せずにはいられなかった。

「え？　え？　ちょっと待ってください。私と柊吾さんは今日会ったばかりで……。ええ〜⁉」

頭がパニックになっていてうまく言葉が出ない。

「僕では不服ですか？」

彼がちょっと拗《す》ねた顔をするので、慌てて弁解する。

「い、いえ、そんなとんでもない。でも、私の家は名家でもなんでもありませんし、それに……私……脚に大きな傷跡があるんです。見たらみんなが顔を背けるような……。だから、あなたとはとても釣り合わないですよ」

きっとそれで私と結婚なんて考えなくなる。今までの見合い相手のように去っていくはず——と思ったけれど、彼はまるで私を元気づけるかのようにそっと手に触れてきた。

「正直な方ですね。では、僕の方も包み隠さずお話ししましょう。仕事で重要な任務もあるのに、もう十何回も見合いをさせられてうんざりしているんです。ですから、あなたと結婚して煩《わずら》わしさから逃れたいのですよ」

ああ～、その彫刻のような完璧な顔で毒を吐く斗真さま……いや、柊吾さんも素敵。

「その気持ちわかります！　私も結婚なんてしたくないのに、周囲は私のことを心配して、勝手に見合いを設定して……実は来月も見合いの話があって……」

興奮気味にそんな話をすれば、彼がゆっくりと微笑んだ。

「僕と結婚すれば、莉乃さんももう見合いをせずに済みますよ。それに、ご両親も安心するでしょう？」

見合いをせずに済む？　それは推し活に専念できてラッキー……って、そんな理由で簡単に結婚を決めちゃいけない。

一瞬、いい話だと思ったけれど、すぐに正気に戻って丁重に断る。

「それはそうですが……私は柊吾さんの結婚相手として相応《ふさわ》しくないです」

家柄も違うし、ルックスだって天と地くらいの差がある。

私が相手では柊吾さんに申し訳ない。

「祖母があなたを選んだんです。その点は心配いりませんよ。他に不安なことは？」

見合い相手というよりは心理カウンセラーのような態度で彼が接してくるので、普段誰にも話したことのない本音を口にしてしまった。

「……私、今まで男性とお付き合いしたことがないんです。その……あの……男性と触れ合うのが怖いというか……」

同じベッドで寝れば、脚の傷跡だって見られてしまう。そしたら絶対に引かれる。

なるべくオブラートに包んでそう伝えると、彼が優しく微笑んだ。

「夫婦生活はなしで構わないですよ。他にまだ不安はありますか？」

あっさり悩みを解決され、呆気《あっけ》に取られる。

「不安……？　えーと、あの突然の話ですぐに浮かんでこないです」

今まで結婚は気が進まなかった。もともと引っ込み思案な性格な上に、小学六年の時に脚の傷跡を同じクラスの男子に見られ、『気持ち悪い』と言われたことがトラウマになって、男性と接するのが怖くなったのだ。

中学から女子校に通うことにしたのも、男性を避けるため。だけど、やはり年頃とあって恋愛には興味があり、推し活にのめり込んだ。推し活なら疑似恋愛できるし、傷つくことはない。推しに脚の傷跡を見られる心配もないから。

しかし、二十五歳を過ぎると、家族は私の将来を気にして見合いを勧めるようになった。嫌と言っても押し切られる。

脚の傷跡がコンプレックスだから見合いをしたくないと断れば、両親はそんなに強く言わなかっただろう。でも、言えるはずがない。両親には度重なる手術で心配をかけたし、怪我をした時に一緒にいた幼馴染も怪我は自分のせいだと思っているので、私が脚のことで悩んでいるのを知ればきっと苦しむ。

でも、柊吾さんを前にすると、私が気にしていたことがなんの障害にもならないように思えた。まるで斗真さまを見ているようで、一緒にいても怖くない。むしろ遊園地を楽しむ子供のようにわくわくする。

だけど、結婚という大事な問題をすぐに決めてしまっていいのだろうか。

ひとり思案していたら、彼が私の手を優しく握ってきてハッとした。

「そんなに深く考える必要はありません。お互い見合いから解放され、自由に過ごせます。結婚してからも、これまで通り祖母と推し活をしてくださって構いませんよ」

彼が不意に推し活の話題を持ち出してきたので少し驚いた。

「推し活、続けてもいいんですか？」

名家の出身なら、家で大人しくしててほしいとか言いそうなのに……。

「ええ。もちろんです。詳しくは知りませんが、祖母は僕に似たアニメのキャラクターにハマっているとか。莉乃さんも祖母と同じ推しだと聞いています」

推し活に悪い印象は持っていないようなのでホッとする。同僚に推し活の話をするとちょっと引かれるから。

「そうなんです。柊吾さんが、私の推しの九条斗真さまにそっくりだったのでビックリしました。斗真さまも柊吾さんと同じ警視正なんですよ」

少し興奮気味に語れば、彼がその秀麗な顔を私に近づけてにっこりと微笑んだ。

「僕と結婚したら、推しに似たこの顔を毎日見られますよ」

それは私にとっては大好きないちごのショートケーキよりも甘い誘惑。

この完璧なまでに整った顔を毎日？　うん、うん、とってもいいお話だと思う。

それになにより、彼と結婚すれば、家族も幼馴染も安心する。ああ、なんて素晴らしいの。

彼の言葉で心が決まった。

初対面なのにこんなにお話もできているんだもの。彼を逃したら、私はもう永遠に結婚できないだろう。そしたら、両親や幼馴染のお荷物にずっとなってしまう。

こうして一時間以上も抵抗なく異性といられるのは、私にとって奇跡だ。

今まで異性でちゃんと会話ができる人なんて、父と、兄弟同然に育った幼馴染しかいなかった。きっとこれは神さまが私にくれたチャンス――。

「柊吾さんと結婚します！」

私の返事を聞いて、彼の口元が綻《ほころ》ぶ。

その時、彼の目がキラリと光ったように見えた。

「契約成立だ、莉乃」

セクシーな声で名前を呼ばれ、ゾクッとした。

なんだか雰囲気がガラリと変わったよう……な？

「え？　柊吾さん？」

柊吾さんに目を向けると、彼は私に優しく微笑んでいる。

「莉乃と呼んだ方が早く親しくなれるかと思いまして」

紳士な顔で説明する彼に、「そうですね」とにこやかに返した。

さっきの悪寒は気のせいだったんだ。名前を呼び捨てにされたから、違和感を覚えただけ。

ああ、まるでとびきり甘い夢を見ているみたい。斗真さま似の彼と結婚なんて……。

「せっかくだから食事でもしていきましょう。ここのフレンチは美味《おい》しいんですよ」

柊吾さんの誘いに明るく笑って返事をする。

「はい、ぜひ」

もしかするとこれは本当に夢かもしれない。夢なら覚めないで。

席を立とうとしたら、椅子に躓《つま》いて転びそうになった。

「キャッ！」

「大丈夫ですか？」

柊吾さんが素早く動いて私を支える。

「ご、ごめんなさい。ちょっと躓いてしまって」

苦笑いしながら謝って離れようとしたら、彼が私の手を握って歩きだした。

大きくてひんやりした手。

父と幼馴染以外の男性と手を繋《つな》ぐのは初めてで、胸がトクンと高鳴る。

なにこれ？　斗真さまを見てはしゃぐのとはまた違う感じ。

頭の中でキャーキャー騒いでいるうちに柊吾さんがラウンジの支払いを済ませ、上の階にあるレストランに向かう。

個室に案内されると、彼が席までエスコートして座らせてくれて、ますますドキドキした。

こんなお姫さまのような扱いを受けたのは初めてだ。

向かいの席に座った柊吾さんは店員からメニューを受け取り、私に目を向ける。

「シャンパンにしますか？」

「お酒は少しなら飲めるんですけど、すぐに寝てしまうので、家族や幼馴染から外では飲まないようにと言われてるんです。だからお水でお願いします」

以前、うちと隣の家族とで温泉旅行に行った時に日本酒を飲んだら、幼馴染の膝の上でぐーすか寝てしまい、みんなにかなり呆《あき》れられたのだ。

「では、シャンパンは結婚後の楽しみにとっておきましょう」

私の話に彼は微笑し、店員を呼んで食事を注文した。

色鮮やかで美味《おい》しい料理に舌鼓《したつづみ》を打ちながら、柊吾さんと華子さんの話題で盛り上がる。もう夢見心地でアルコールを飲んでいないのに身体がふわふわしてきた。

最後のデザートを食べていたら、柊吾さんのスマホが鳴って彼が申し訳なさそうに席を立った。

「すみません。仕事の呼び出しです。支払いは済んでいるので、莉乃はゆっくりしていってください」

「いえ、私も払います。さっきのラウンジの分だってありますし」

バッグから財布を出そうとしたら止められた。

「婚約祝いだからいいですよ。莉乃のタクシーも手配してもらいます。送ってあげられなくてすみません」

なにか事件があったのか、柊吾さんは口早に言ってレストランを後にした。

休日でも呼び出されるなんて、警察官の日常を垣間見た気がする。

頑張ってください、柊吾さん。

私も仕事頑張らなくちゃ。早く家に帰って、図書館のイベント企画を考えよう。


レストランを出ると、柊吾さんが頼んでくれたタクシーに乗って、麻布《あざぶ》にある家に帰宅する。

マンサード屋根のお洒落《しゃれ》な一軒家が私の家。父が有名商社の役員ということもあって、うちはそれなりに裕福だ。

バッグから鍵を出して家に入ろうとしたら、背後から誰かにポンと肩を叩《たた》かれた。

「莉乃、今日は帰りが遅くない？　おじさんたちが心配するよ」

その声で振り返ると、和也《かずや》が咎《とが》めるような目で私を見ている。

彼は長谷川《はせがわ》和也、二十六歳。隣の家の幼馴染で、現在都内の大学病院で研修医をしている。赤ちゃんの時からの付き合いで、弟のような存在。うちの家族も和也を息子のようにかわいがっているし、互いの家にも頻繁に行き来している。

長身で髪は黒く、清涼感のあるツーブロックにしている和也は、目鼻立ちが整っていて小さい頃から女の子にモテた。

頭がよかった彼はどこか人を見下したところがあって、友人を作らず、私にも塩対応で、本ばかり読んでいた。でも、私が和也をかばって脚を負傷してからは、過保護なくらい私に対して優しくなったのだ。

「あれ和也？ 帰ってたんだ？ なにか用？」

ニコッと笑って尋ねたら、和也が手に持っていた紙袋を掲げてみせた。

「美味しい日本酒をもらったから、おすそ分け。それで、なんでこんな遅いの？ また推し活？ あまり遅くなるイベントはやめた方がいいよ。最近このへん、痴漢が出るって噂《うわさ》だし……って、今日はやけにめかし込んでない？」

和也は勤務先の大学病院の近くのマンションに住んでいるのだが、休みのたびに実家に戻ってくる。

「実は今日、華子さんのお孫さんに会ってたの」

和也にはいつも華子さんのことを話していて、名前だけは知っている。

「華子さんて、推し活仲間の？」

「そう。彼女のお孫さんが警察官でね」

斗真さまに似ている柊吾さんの顔を思い浮かべニンマリしていると、和也も興味を持ったようで「へえ、どんな人？」と聞いてきた。

「すっごい美形の男性」

「え？ 女の人じゃないの？」

玄関前で素《す》っ頓狂《とんきょう》な声をあげる和也に、人差し指を立てて注意する。

「しっ！ 声が大きい。近所迷惑だよ、和也」

「……ああ。ごめん。けど、ふたりきりで会ってたの？」

和也がハッとした表情になって、声のボリュームを落として聞いてきた。

「うん。相手は華子さんのお孫さんだし、なにも心配いらないよ」

家の中に入る私の後を、和也が渋い顔をしてついてくる。

「それにしたって……現実の男とこんな遅くまで一緒にいて怖くなかった？」

怖いどころかとても楽しかった。初対面だったのに話も弾んだし、彼と別れるのが寂しく感じたくらいだ。

「ううん。もう至福のひと時だったよ。華子さんのお孫さん、斗真さまにそっくりなんだ。何度手を合わせて拝《おが》みそうになったことか」

「莉乃……。二次元の男と現実の男は違うんだよ。ただでさえ男に免疫ないんだから気をつけないと」

興奮気味に言う私を見て、和也は額に手を当てハーッと溜め息をついた。

「そんな心配しなくても大丈夫だよ。彼は斗真さまに似て、紳士的で素敵な人だから」

私の発言を聞いて、和也は厳しい顔で忠告する。

「莉乃、現実に九条斗真みたいな男はいないよ。もうそいつには会わない方がいい。幻滅するだけだ」

「え？　でも、無理だよ。私、柊吾さんと結婚するの」

あっけらかんとして和也に伝えたら、彼はこれでもかっていうくらい大きく目を見開いて絶句した。

「はあ？」

《土曜日の件、時間は午後三時でどうですか？》

見合いの三日後の夜、自分の部屋でスマホを見ながらゴロゴロしていたら、柊吾さんから電話がかかってきた。

三日ぶりに聞く彼の声に胸がきゅんとする。

「大丈夫です。あの……お仕事大変だったら無理しないでくださいね」

ベッドの上で正座しながら彼にそんな言葉をかけると、優しい声で礼を言われた。

《ありがとう。莉乃も寒いから風邪を引かないように気をつけてくださいね。あと、土曜日の服を選んだので、着てください》

「いえ……そんないいですよ。もったいないです」

断ろうとする私に、彼が甘い言葉を囁《ささや》く。

《莉乃が着てくれるならもったいなくないですよ。もう送ったので明日には届くはずです》

「え？　もう？　……忙しいのにごめんなさい」

お仕事だって大変なのになんだか申し訳ないな。

《謝る必要なんてないですよ。ただ『ありがとう』って言ってくれれば嬉しいです》

礼儀正しくて、気遣いができる完璧な婚約者。

きっと両親も彼に会ったら気に入るに違いない。

「柊吾さん、ありがとう」

《では、土曜日に》

柊吾さんが電話を切ろうとして慌てた。

「あっ……待って」

《ん？　どうしました？》

「……ごめんなさい。なんだかもっと柊吾さんの声を聞いていたくて……。あっ、すみません！」

あ～、柊吾さん忙しいのに、なに言ってるの～！

ひとりてんぱっていたら、クスクスと彼の笑い声が聞こえた。

《結婚したら、毎日聞けますよ。おやすみなさい、莉乃》

彼の美声にうっとりする。

「おやすみなさい」

はにかみながらそう返すと、プチッと通話が切れた後もスマホを握りしめ、電話の余韻に浸っていた。

一日で全部済ませる彼

「莉乃、お茶菓子はこれでいいかしら？」

キッチンにいた母が私を手招きして確認する。

母がお皿に用意しているのは、有名洋菓子店の高級クッキー。

時刻は午後二時五十分。今日は柊吾さんがうちの両親に挨拶に来るのだ。

一週間前に彼との結婚を決めた私は、その日の夜帰宅すると、両親に早速伝えた。

『お父さん、お母さん、私、結婚する』

両親は相手が久世グループの創業者一族と知って最初は驚いていたけれど、とても喜んでくれた。まあ、柊吾さんが相手なら断る理由などないだろう。

馴れ初めを聞かれてヒヤッとしたが、なんとか取り繕った。

『私の推し活仲間の華子さんのお孫さんでね、その縁で会ったら、お互い気が合って、結婚しようという話になったの』

お互い気が合うというのは少し盛ってしまったかもしれないが、彼も私もお見合いが嫌で契約結婚に同意したのだからあながち嘘ではない。

「多分いいと思うよ」

　正直言って、一度しか会っていない柊吾さんの好みなんてわからない。

　あれから何度か今日のことでメッセージのやり取りをした以外は電話で一回話しただけなのだ。忙しい人だから仕方がない。

　適当に母親にそう返事をしていたら、父がそわそわした様子でキッチンに現れた。

　ダークグレーのスーツを着ている父を見て首を傾げる。

「お父さん、どうしてスーツなの？」

「久世一族の方が見えるんだぞ。普段着でいられるわけがないだろ？」

　父がかなり緊張した面持ちで答えた。

　ああ。父はK商事の専務。やっぱり出世も気になるし、気を遣うよね。

　落ち着かない父を見ていると、私までだんだん心配になってきた。

　柊吾さんはちゃんと来てくれるかな？

　気が変わって結婚は取りやめにするってことにならないだろうか？

　そんな不安が頭にちらついた時、部外者の和也が偉そうに父に意見した。

「おじさん、久世家の人間ってだけでビビらないでくださいよ。簡単に莉乃を嫁にやってはダメです。大事なのは家柄とか地位じゃなくて、ハートですよ」

彼はうちの親から今日が柊吾さんが挨拶に来る日だと聞きつけてやってきた。

「大丈夫だよ。柊吾さんとっても優しいの」

眉間にシワを寄せている和也の肩をポンと叩いて安心させようとするが、彼はさらにシワを深めた。

「莉乃、そいつに騙《だま》されてるんだよ。恋人がいるなんて聞いたこともなかったのに、一体いつから久世と付き合ってたわけ？」

久世って……呼び捨て？　まだ会ってもいないのに、かなり嫌ってない？

和也は基本的に私のお見合いに反対のスタンスを取っているせいか、どの見合い相手にも辛辣《しんらつ》だ。しかも、私が急に結婚を決めたものだから、『考え直すべきだよ』とうるさく言ってくる。

「え？　あの……それは……一カ月くらい前……かな？」

先週初めて会ったなんて、口が裂けても言えない。

「なんで疑問形？」

腕を組んでジーッと私を見据える和也を見て、少し狼狽《うろた》えながら弁解する。

「それは……告白して付き合うって感じじゃなかったし。華子さんの紹介で会って、食事とかするようになって……」

あ～、それ以上は聞かないで。

心の中でそう願うが、和也の尋問は続く。

「そいつは莉乃の推し活のことは知ってるの？」

「うん。結婚しても続けていいって言ってくれてる」

明るく笑って答える私に、和也はまだ疑いの眼差しを向けてきた。

「……なんか話がうますぎる。名家なら家庭に入ったら軽はずみな行動は控えろとか言いそうじゃないか」

そこは私も拍子抜けしたというか、意外に思ったけれど、華子さんも推し活をしているので、気にしないことにした。

「和也はなんでもいちゃもんつけないと気が済まないの？　会えばとっても素敵な人ってわかるよ」

「莉乃の場合、外見しか見てないよね？　今も推し活してる時みたいに目がキラキラしてる。推し活と結婚は違うんだよ」

長い付き合いで私のことを知り尽くしている和也に図星を指され、ギクッとする。

「わ、わかってるよ。柊吾さんのことはちゃんと現実の人として見てるから大丈夫」

「へえ。じゃあ愛してるって胸を張って言える？」

「もちろんよ。私は柊吾さんを愛し――」

平静を装って愛してると言おうとしたら、ピンポーンと玄関のインターホンが鳴った。

「あっ、柊吾さんが来た！」

ぱあっと笑顔になるのを自分でも感じながら声をあげて玄関に向かうと、両親や和也も後ろからついてきた。

本当の恋人を紹介するわけではないけれど、この挨拶に私の人生がかかっている。

どうか両親が結婚に賛成してくれますように。

心の中でそっと祈りながら、玄関を開ける。すると、ネイビーのスーツを着た柊吾さんが紙袋を手に持って立っていた。

ああ、一週間ぶりに見る柊吾さんは、私の記憶の中の彼よりも神々しい。

「時間通りですね。タクシーで来たんですか？」

柊吾さんに会えたのが嬉しくて少しハイテンションで尋ねると、彼は私を見つめながら答える。

「ええ。その服とても似合ってますよ」

不意に褒められて顔が熱くなる。

今着ている高級ブランドのピンクのツーピースは、柊吾さんがプレゼントしてくれたものだ。サイズもピッタリだったし、ひと目見て気に入った。

「あ、ありがとうございます。きっと柊吾さんの見立てがいいんです。柊吾さんも素敵ですね。さあ、上がってください」

そう声をかけると、彼は両親と和也に目を向けた。

「はじめまして。久世柊吾です。今日はお時間をいただいてすみません」

柊吾さんが笑みを浮かべて挨拶すると、母が頬を赤くしながら返す。

「莉乃の母の真奈美《まなみ》です。玄関で話すのもなんですから、どうぞお上がりください」

「お邪魔します」

柊吾さんが靴を脱いで上がるが、その所作があまりに綺麗で驚く。

リビングに案内すると、彼が持ってきた手土産を紙袋から出して母に手渡した。

「これ、よろしかったらどうぞ。莉乃さんから皆さんマカロンが好きだと聞いていたので」

母が「まあ、ありがとうございます」と礼を言うが、その目は柊吾さんをうっとりと見ている。

そうでしょう。そうでしょう。あまりに美しくて見入っちゃうよね。

浮かれている母とは対照的に、父はなにも言葉を発さず固まっていた。

父はまだ自己紹介もできていない。

「柊吾さん、どうぞ座ってください」

私がそう促して彼と一緒にソファに座ると、父と和也が無言で対面に座った。

和也が当然のようにいるので、思わずつっこみたくなったけれど、柊吾さんがいる手前なにも言えずグッとこらえる。

お願いだから柊吾さんに失礼なことを言わないでよ、和也。

ジーッと和也を見て目で訴えてもそ知らぬふりをされ、ひとりやきもきしていたら、母がお茶菓子とコーヒーを出し、父の隣に腰を下ろした。

こういう場合、父が柊吾さんに話しかけるべきだと思うのだけれど、「どうも」と頭を下げただけで沈黙してしまう。

そんな父を横目で見た和也が、まるで家族代表のような顔で口を開く。

「はじめまして。莉乃の幼馴染の長谷川和也です。今日はなんの用でいらしたんですか?」

結婚の挨拶に来たと知っているのに、和也は意地の悪い質問を投げた。

「単刀直入に言います。莉乃さんを僕にください」

柊吾さんは和也だけでなく父や母にも目を向け、落ち着いた声でお願いした。

しかし、和也の反応は冷ややか。

「なんだろう。心がこもってないんですよね。そんなんじゃあ、莉乃はやれませんよ」

和也の発言に両親も私も顔面蒼白になる。

か、和也、なにを言ってるの～！

「和也くん、ちょっと……」

父が声を潜めて注意しても、和也は平然としていた。

「おじさん、莉乃の一生の問題ですよ。生半可《なまはんか》な気持ちの奴に莉乃をやってはダメです」

和也の気持ちは嬉しいけど、笑顔でお祝いしてほしい。

「和也、私、どうしても柊吾さんと結婚したいの」

家族を心配させたくないというのが理由だが、彼と結婚しなかったら私は一生独身でいるかもしれない。

私は一生独身でもいい。でも、それだと家族の負担になる。

和也だって『莉乃が嫁に行かなかったら、僕が面倒みるよ』って笑って言ってくれるけれど、身内でもない彼に迷惑なんてかけたくない。

私が独身でいたら、和也も結婚できないだろう。

和也を見つめて訴えると、横にいた柊吾さんが私の手をギュッと握ってきた。

「一生大事にすると約束します。どうか莉乃さんを僕にください」

柊吾……さん？

ビックリして彼の横顔を見つめる。

演技だとわかっているのに、その顔がとても真剣に見えたからドキッとした。

彼に見惚れてる場合じゃない。私もなんとかみんなを説得しなきゃ。

柊吾さんとの結婚にみんなの幸せがかかっている。

「お父さん、お母さん、和也、お願いします」

私も柊吾さんの手を握り返して頭を下げたら、それまで存在感の薄かった父が覚悟を決めたような顔で彼に目を向けた。

「柊吾さん、娘をよろしく頼みます」

「ちょっ……おじさん！」

慌てて抗議する和也の肩を、父が宥《なだ》めるように叩いた。

「今まで結婚に消極的だった莉乃が望んだんだ。笑顔で送り出してやろう」

「お父さん……」

父の言葉に胸が熱くなっていると、母も柊吾さんに優しく微笑んだ。

「柊吾さん、莉乃のことよろしくお願いします」

感動でジーンとしている私の横で、柊吾さんが完璧な婚約者として振る舞う。

「お義父さん、お義母さん、ありがとうございます。莉乃さんを一生大事にします」

父も母も彼の言葉を聞いて目を潤《うる》ませていたけれど、私は少し胸が痛んだ。

契約結婚って知ったら、がっかりさせちゃうな、きっと。

でも、私は契約結婚でもとっても幸せなの。許してね、お父さん、お母さん。

心の中で父と母に謝っていたら、柊吾さんがスーツの内ポケットから書類を出して、テーブルの上に置いた。

「お義父さん、早速で申し訳ありませんが、婚姻届の証人になってもらえませんか?」

それを見て、私を含めたうちの家族全員が呆気に取られる。すでに婚姻届の夫の欄には柊吾さんの、証人欄には華子さんの署名・捺印《なついん》がされていて驚いた。

「莉乃もサインしてください」

柊吾さんにペンを渡され、彼の目を見てコクッと頷く。

「あっ、はい」

これが……婚姻届。なんだか緊張して手が震える。

名前を一文字一文字ゆっくり書いていたら、和也が柊吾さんに物言いをつけた。

「今日結婚の挨拶に来たのに、もう婚姻届？　早くないですか？」

「莉乃さんは気立てのいいお嬢さんです。グズグズしていると他の男性に掻《か》っ攫《さら》われる恐れがありますから」

柊吾さんは和也に意味ありげな視線を向け、言葉を切る。

「だから一刻も早く婚姻届を出して安心したいんですよ。式の方は莉乃さんの意向を尊重しながらじっくり予定を立てますから」

フッと微笑して柊吾さんが続けると、父がうんうんと頷いた。

「確かにうちの莉乃はかわいいからな」

お父さん……恥ずかしいからやめて。

目で父に抗議していたら、柊吾さんがそっと私の肩に触れた。

「莉乃、手が止まってますよ」

「あっ、ごめんなさい」

彼に謝ると、気を取り直して再び名前を書く。

一分ほどかけて書き終わったところで、母が私の印鑑を出してきた。

慎重に捺印して、書類とペンを父に渡す。

「お父さん、お願いします」

「ああ」

みんなの視線を一身に集めながら父が署名・捺印すると、柊吾さんがゆっくりと微笑んだ。

「ありがとうございます。これから区役所に提出してきます。あと、赤坂《あかさか》に新居を用意したので、今日から莉乃さんとそちらで暮らそうと思います」

私は「へ？」と思わず変な声をあげて、柊吾さんをまじまじと見た。

婚姻届の話もだけど、引っ越すなんて今初めて聞いたんですけど。

「ちょっと待った。入籍もそうだけど、今日引っ越しって……急すぎるよ」

和也が文句を言うと、柊吾さんは礼儀正しい態度で謝った。

「すみません。本当はもう少しご家族と過ごす時間を作ってあげたかったのですが、早い方がいいと思い直しました。僕も仕事が忙しく、なかなか時間が取れないもので。ですが、近いですし、いつでも遊びにいらしてください。歓迎しますよ」

……なんだろう。和也と柊吾さんの間に火花が散っているように見えるのは気のせいだろうか。

「あの……私、まだ引っ越しの準備とか全然してなくて……。着替えだけでも今用意してきますね」

ソファから立ち上がると、柊吾さんに手を掴まれた。

「着替えや身の回りの物は用意してあるので大丈夫です。必要なものはまた取りに来ればいいですよ」

「それはありがとうございます。でも、ひとつだけいいですか？　いつも使ってる部屋着、お気に入りだからどうしても持っていきたいんです。今、取ってきます」

礼を言いながらもそうお願いして、柊吾さんが返事をする前に取りに行く。

私が戻ると、彼が腕時計をチラッと見て立ち上がった。

「役所の時間もあるので、そろそろ失礼しましょう」

「は、はい」

柊吾さんの言葉で、両親に笑顔で見送られ、あれよあれよという間に家を出る。

和也は私たちの結婚にまだ反対しているようで、見送ってはくれなかった。

タクシーで区役所へ向かう途中も、和也が玄関で柊吾さんに喧嘩腰《けんかごし》に言った言葉が頭に残っていた。

『莉乃を泣かせたら許さないよ』

私が脚のことで同級生にいじめられていた時も、和也はそう言って私を守ってくれたっけ。

「和也さんのことが気になりますか？」

「幼馴染が失礼なこと言ってすみません。和也は私の脚の怪我が自分のせいだと思っていて、親以上に私に過保護になるんですよ」

私の心配ばかりしてないで、早くいい人を見つけて結婚すればいいのに。

休みのたびに実家に帰ってくるのは、きっと私の様子を確認するためだ。

「とても大事にされてるんですね。なんだか妬《や》けます」

柊吾さんの言葉を聞いて、慌ててフォローする。

「あの……家が隣同士で姉弟のように育っただけで、そんな柊吾さんが心配するような関係ではないんですよ」

私の話を聞いて、彼がボソッと呟く。

「やはり彼にとっては一番身近な異性ってことか」

意味がわからなくて、「え？　今なんて？」と柊吾さんの顔を見ると、彼は小さく頭を振った。

「なんでもないです。ただの独り言ですよ。それよりも結婚式や新婚旅行はどうしたいですか？」

不意にそんな質問をされ、少し悩んだ。

結婚となれば、当然式と新婚旅行という話になるよね。

彼と入籍して家を出ることしか頭になくて、正直全然考えていなかったな。

今、頭に浮かぶのは、なぜか雛人形《ひな》のお雛さまとお内裏《だいり》さま。

お雛さまもお内裏さまも美しくて素敵。でも、私が結婚式で超絶美形の柊吾さんの隣に立ったら……？

ぱっとしない私が相手では、なんというかシュールな絵面になりそう。

ウエディングドレスは着てみたいと思うし、柊吾さんのタキシード姿もぜひ見たいという気持ちはあるけれど、派手な式は苦手だ。

「あの……柊吾さんの家だときっと招待客がたくさんとか……大規模な式になりますよね？」

結婚する前にその点をよーく考えておくべきだった。

「僕は久世家の跡継ぎじゃないので、好きにできますよ」

久世家の家族構成はよく知らないが、彼が跡継ぎではないと知って心から安堵する。

「では、式はなしでお願いします。新婚旅行もなしでいいです。柊吾さんはお仕事に専念してください」

柊吾さんには重要任務があるのだから、式の準備などで彼の手を煩わせてはいけない。それに、愛し合って結婚するわけじゃないもの。

「……本当にそれでいいんですか？」

少々呆気に取られた顔をする彼に、笑顔を作って言った。

「はい。目立つのは苦手ですし、華子さんとの推し活もあるので。柊吾さんのお仕事の邪魔はしないようにしますから安心してください」

今と変わらない平穏な生活が送れれば、私は満足なのだ。

「それは……ありがとう」

少し考えるような表情で柊吾さんが礼を言う。

考えてみたら、こうして彼とふたりでタクシーに乗るのだって私にとっては幸せなこと。ふふっ、柊吾さんの時間を独占中。

チラリと彼の横顔を見て、改めて美形だと再認識する。

区役所に着いて、ふたりで婚姻届を提出すると、柊吾さんが私をじっと見た。

「これで久世莉乃になりましたね。結婚した気分はどうですか？」

久世莉乃……。

書類を出しただけで名前が変わってしまった。でも、実感はない。

「まだピンとこなくって、当分いつもの癖《くせ》で櫻井って言いそうです」

クスッと笑ってそう返したら、柊吾さんが「そのうち慣れますよ」と微笑した。

再びタクシーに乗って赤坂にある新居へ——。

タクシーが停車したのは、三十五階建てのタワーマンション。

「さあ、着きましたよ」

柊吾さんに促されてタクシーを降り、彼の後についていく。

エレベーターで最上階に行き、柊吾さんが向かったのは、重厚感のあるダークブラウンの扉が目を引くペントハウスだった。

和也のマンションも豪華だったけど、ここはなんというかレベルが違う。

なんてゴージャスなの。コンシェルジュもいるし、ロビーの天井はシャンデリアで壁は大理石、床はふかふかの絨毯《じゅうたん》。まるでホテルだ。

柊吾さんが鍵を開けて中に入ると、玄関だけで私の部屋ぐらいの広さがあった。

シューズクローゼットには革靴だけでも三十足はある。

一日はこの靴、二日はこの靴とか決まってて、順番に履いていくのかな？

そんなくだらないことを考えていたら、柊吾さんに手を掴まれて部屋を案内された。

「莉乃、ここがリビングで、隣がダイニング……向かい側には僕の書斎がある。ゲストルーム、バスルームにトイレ、そしてここが寝室です」

柊吾さんが一番奥の部屋のドアを開ける。

広さは二十畳ほどあって、とても開放感があった。

天井も壁もベッドも真っ白。ターコイズブルーのラグがアクセントになっていて、地中海風でとっても素敵。まるでインテリア雑誌に載ってる部屋みたい。ベッドも、私の部屋のベッドの三倍はありそう。

「ここは柊吾さんの寝室ですか？」

彼にテンション高く尋ねると、とんでもない答えが返ってきた。

「僕たちの寝室ですよ」

一瞬、彼がなにを言っているのかわからなかった。

彼の声が私の頭の中で何度もリフレインする。

四回聞いてようやく自分の寝室でもあることを理解した。

「え？　ええー？　でも、夫婦生活は……なしで構わないですよよ……って……」

気が動転して言葉がスムーズに出てこない私とは対照的に、彼は落ち着いた声で告げる。

「安心してください。一緒のベッドには寝ますが、莉乃を襲わないと約束しますから」

てっきり寝室は別かと思っていた。

彼と同じベッドで寝ると考えるだけでパニックになる私。

「ま、待ってください。同じ寝室なんて無理です。話が違うじゃないですか！」

「寝室を別にするなんてひと言も言ってませんよ」

悪びれた様子もなくそんな言葉を返され、カチンときた。

確かに言わなかったけれど、普通は寝室が別だって考えるよ。

「そんな詐欺師みたいなこと言わないでください。私はゲストルームで寝ますから」

寝室はどうしても譲れない。男性と一緒に寝ると考えただけで失神しそうだ。

いくら推しに似てイケメンとはいえ、知り合ったばかりの男性と同じベッドで寝るのは抵抗がある。

ツンケンした態度で返してゲストルームに行こうとしたら、彼に強く腕を掴まれた。

「それは認められないな」

妖《あや》しく光る柊吾さんの目を見て、思わずゴクッと唾を飲み込む。

周囲の空気も一気に冷え込んで、鳥肌が立った。

その切れ長の二重の目に囚われ、氷のようにカチンと固まる。

え？　急にどうしたの？　なんだか高圧的。

ついカッとなって、詐欺師って言ったこと怒ってる？

私の知っている優しくて紳士的な彼じゃない。目の前にいる彼はなんというか……

まるで美しい魔性。

「……ど、どうしてダメなんですか？」

戸惑いながらか細い声で柊吾さんに問うと、彼は面倒くさそうに理由を説明する。

「このマンションは祖母の所有で、祖母も鍵を持っているから、いつやってくるかわからない。偽装結婚だと疑われたくないんだよ」

ああ。彼女は心臓が弱いから、偽りの結婚だと知ったらショックを受けるかもしれない。だから、なんとしても愛し合って結婚したと思わせたいのだろう……って、ここでほだされてはいけない。

「だったら、リビングのソファで寝ます。それならいいでしょう？」

使っている寝室がひとつだけなら、華子さんだって変に思わないはず。

それで納得すると思ったのに、彼は許可しなかった。

「それもダメだ。祖母は鋭いからごまかせない」

「そんなあ。寝室が別だと思ったから結婚の話を受けたのに」

動揺を隠せない私を見て、彼が意地悪く問う。

「だったら離婚するか？」

今日入籍を済ませたばかりなのに、離婚なんてできるわけがない。

それを知っていて言う彼が許せなくて、キッと睨《にら》みつけた。

「警察官なのに卑怯《ひきょう》ですよ！」

「卑怯だなんて心外だな。手は出さないって言ってるだろ？」

冷ややかに私を見つめるその目。

ああ。私ってバカだ。華子さんのお孫さんで警察官だし、それに斗真さまに似ているから、とっても優しい人だと思い込んでいた。

「そんなの信用できません」

私が警戒しているのがおもしろいのか、彼はフンと鼻で笑う。

「莉乃みたいなお子さまに手を出すほど女には飢《う》えてない」

お、お子さま⁉

「あと、ほとぼりが冷めたら別れるから、推しに似てるからって俺に本気で惚《ほ》れるなよ」

呆気に取られる私に、彼は冷酷な言葉を投げた。

ほとぼりが冷めたら別れる⁉　俺に本気で惚れるな⁉

契約結婚なのはわかっていたけれど、離婚前提なんて聞いてないよ。

あまりに衝撃が強すぎて口をあんぐり開ける。

さっき入籍を済ませて幸せに浸っていたのに、突然地獄に突き落とされた気分だ。

やっぱり警察官じゃなくてペテン師じゃないの？

一人称まで『僕』から『俺』に変わっているし、まるで数分前とは別人みたい。

これは幻聴なのだろうか？　それとも悪夢でも見てる？

今の状況を頭が理解できなかった。いや、正確には理解したくなかったのかもしれない。お見合いの日に彼になにか違和感を抱いたのは、気のせいじゃなかった。

「俺はシャワー浴びてくるから、適当に部屋でも見てればいい。なんなら一緒に浴びるか？」

柊吾さんが私に顔を近づけて、悪魔のように妖艶《ようえん》に微笑む。

この人は……一体誰？

柊吾さんの豹変ぶりがショックで言葉が出ず、ブンブンと首を横に振る私を見て、彼がおもしろそうに「残念だな」とゆっくりと口にする。

身体を硬くして呆然と突っ立っている私の腕を離し、柊吾さんはバスルームに向かった。

彼がいなくなると、ひとり残された部屋でへなへなとくずおれる。

「あ～、なんなの？　あれが彼の本性？」

どうしよう。彼に騙されたからといって実家に戻るわけにはいかない。結婚したその日に帰ったりしたら、心配をかけてしまう。

柊吾さんてあんなに性格悪い人だったの？　顔は似ていても、中身は斗真さまと全然違う。斗真さまならあんな女たらしなセリフ、絶対に口にしない。

そうよ、彼は斗真さまになんか似ていない。

「それに寝室が一緒って……どうすればいいの？」

半狂乱になりながら頭を抱えて悩む。

この結婚、うまくいきそうにない。でも、今すぐ離婚はできない。

和也が言ったようにもっと慎重に考えるべきだった。だけど、今さら後悔しても遅い。

「ああ～、時間を戻せたらいいのに」

ハッピーだと思っていた柊吾さんとの契約結婚に、早くも暗雲が立ち込めた。

こんなはずではなかったのだが……　―　柊吾side

「……そうか。わかった。明日はいつもより早く登庁する」

部下にそう告げて電話を切ると、シャワーを浴び終えた莉乃がリビングに現れた。

時刻は午前零時過ぎ。

家に女性がいるのが不思議な感じがする。

女性と一緒に住むのは初めてだ。いや、もう俺の妻……か。

一週間前までは、女嫌いな俺が結婚するなんて考えてもみなかった。

所在なさげな顔でリビングのドアの前に突っ立っている彼女。

ナイトウェアはシルクのナイトドレスやパジャマ、俺とお揃いのダークグレーのルームウェアなどを用意していたのだが、今彼女が着ているのは、実家から持ってきたフード付きのモコモコの白いルームウェア。

『お気に入りだからどうしても持っていきたいんです』と彼女が言い張ったのだ。

フードを被ったその姿はまるでウサギ。

彼女がウサギなら、俺はウサギを襲う狼か？と自分でツッコミを入れたくなる。

なんだか滑稽《こっけい》に思えるのは俺だけだろう。俺を誘惑しようと下着姿で迫ってきた女はいたが、このパターンは今までなかったな。

本人も男性と触れ合うのが苦手のようなことを言っていたし、男性経験もなさそう。まあ、俺も彼女を抱くつもりはない。下手に手を出して子供ができたら後々面倒なことになる。

これは祖母たちの見合い攻撃から逃れるための便宜《べんぎ》的な結婚。祖母の俺への関心が薄れた頃に、莉乃とは価値観が合わなかったと言って離婚する予定だ。

俺の名前は久世柊吾、三十二歳。警視庁に勤務し、テロ組織の対策本部の本部長をしている。階級は警視正。

長身で外国人のような彫りの深い顔立ちをしていることもあって女性にモテても、恋人は作らなかった。なぜなら女が嫌いだから。

今は久世を名乗っている俺だが、小学生の時までは真田《さなだ》姓だった。

母は未婚で俺を生み、看護師をしながら女手ひとつで俺を育ててくれた。決して裕福ではなかったけれど、優しい母がいるだけで幸せだった。

しかし、その幸せはずっと続かず、母は俺が十二歳の時に地下鉄爆破テロに巻き込まれ、他界。それから児童養護施設に預けられたが、ある日、俺の父親と名乗る人物がやってきて俺を引き取った。

それは久世グループの社長――久世清史郎《せいしろう》。

父から母が愛人だったという話を聞かされた時はショックだった。父にはすでに家庭があって、妻と俺より八つ上の息子がいた。母は俺を妊娠したことを伝えずに父の前から姿を消したらしい。

資産家の父と暮らすことになって金銭的には恵まれたけれど、児童養護施設にいた時よりも俺は不幸だった。

気性の激しい義母は父の愛人だった女の子供である俺のことを憎んでいて、物置にずっと閉じ込められていたことも多々あった。

『お前もあの女と一緒に死ねばよかったのよ!』

顔を合わせるたびにそう罵《ののし》られ、食事は別室で取らされたし、食事抜きにされたことも度々ある。

女を好きになれないのも、子供が欲しくないのも義母の影響だろう。こんな俺が子供を作っても、いい父親にはなれないに違いない。

父の家族との生活は長くは続かなかった。ある日、腹違いの兄が偶然俺が義母に罵《ば》声《せい》を浴びせられるところを目撃し、父に報告したのだ。兄は穏やかで優しい人で、愛人の子だからといって俺に意地悪したりはしなかった。

それから俺は祖母の家に預けられた。父の家にいたのはたった半年だったけど、俺を人間不信に陥らせるには充分な時間で、誰に対しても心を開かなくなったのはこの頃からだったと思う。祖母はそんな俺に温かい家庭を与えてくれた。

礼儀作法にはとても厳しい人だったが、家にシェフがいるのに、美味しい手料理を俺に毎日食べさせてくれた。祖母に料理を教えてもらったこともある。

父と兄には月に二度ほど食事をして会っていた。しかし、打ち解けて話すことはなかった。愛人の子という負い目があったからかもしれない。

俺が成人すると父は久世家の事業に関わるよう強く望んでいたが、義母のこともあったし、母をテロで亡くしたせいもあって警察官になった。きちんとした職についたからか、父もうなにも言わなかった。

就職してからは、祖母の家を出てひとり暮らしを始めた。これも親族の集まりで会うと必ず俺に『愛人の子が久世グループのトップに立てると思うな』と釘《くぎ》を刺してくる義母に、俺が父の跡を継ぐつもりがないと思わせるための意思表示。だが、俺を苦しめてきた義母は二年前にガンで亡くなった。

その後も父や兄との食事会は続いていたが、一昨年に父がクモ膜下出血で亡くなり、今は父の跡を継いだ兄と祖母の三人で食事をしている。

ふたりからは『警視庁を辞めて久世グループに入れ』とか、『三十を過ぎたのだからいい加減結婚しなさいよ』などと言われて辟易《へきえき》していた。

放っておいてくれればいいのに、ふたりは俺に構う。最初は軽く聞き流していたけれど、会うたびにしつこくなってきて最近は食事会に出るのが苦痛になり、仕事を理由にキャンセルすることが多くなった。

とりあえず嫁はもらったのだから、もう結婚についてはうるさく言われることはないだろう。

俺は自分の人生なんてどうでもいい。テロを撲滅するためにこの身を仕事に捧げている。

大切な人を突然亡くしてしまう悲しみを、もう誰にも味わわせたくないんだ――。

「さあ、寝室に行こうか？」

莉乃の肩に手を置いて声をかけると、彼女がさっと動いて俺と距離を取り、まるで不審者を見るような目を俺に向けてくる。

「やっぱり同じ寝室じゃないとダメですか？」

さっき俺が本性を出したから怖いのか？

たかが寝室のことでグダグダ言うので、こちらもイラッとしてつい素になってしまった。もうしばらく紳士的に振る舞う予定ではいたが、今さら優しくしたところで無意味だろう。

まあ素の方が楽だし、嫌われた方が後で離婚する時もスムーズにいく。それに、彼女にも事情があって今すぐ俺と離婚はできない。

「ダメだ。祖母が明朝ここに押しかけてくる可能性もある」

祖母なら本当にやりかねない。莉乃との結婚を報告して、婚姻届の証人になってもらってもまだ『本当に結婚するの？』と半信半疑だったのだ。あの人の性格だと、俺の都合も考えず突然やってくる恐れがある。

「……そうですか」

この世の終わりのような顔。これから人身御供として差し出されるみたいじゃないか。青ざめている彼女を見ていると、なんだかこっちまで胸が痛くなってきた。

本当に抱く気がないのに、どうしたら信用してくれるのか。肉食派の女も困るが、草食動物系の女も結構面倒だな。

「ちょっと待ってろ」

リビングの奥にある棚からガムテープを取り出すと、莉乃を連れて寝室に移動する。

そして、彼女にそれを差し出した。

「ほら、これで俺の手を縛るといい」

「へ？」

莉乃はしばし呆気に取られた顔をして、俺とガムテープを交互に見る。

「襲われないか心配なんだろ？」

わかりやすいように言い直すと、彼女は小さく頭を振った。

「……もういいです。人を縛る趣味なんてないですし、あなただって私のようなお子さまには興味ないでしょう？」

俺への反発か嫌みで返してきた。

俺がお子さまと言ったのを、結構根に持ってるな。ここは素直に謝っておくか。へそを曲げてすぐに実家に帰られても困る。

「さっきはごめん。言い方が悪かった」

「もういいです。……私は窓側で寝ればいいですか？　それともドア側ですか？」

ベッドに目を向けて彼女が事務的な口調で尋ねるが、予想外の質問をされてちょっと面食らった。

「……俺は明日の朝早いから、ドア側で寝るよ」

ドア側ならいつ起きてもすぐに寝室を出られる。

「そうですか。では、失礼します」

一礼してベッドに入る莉乃を見て、思わず目を丸くした。

まるで他人の家に上がるみたいだな。

彼女はベッドの端に横になり、俺を視界から追い出すように背を向ける。

俺を警戒しているのか、それとも怒っているのか。いや、両方かな。女ってよくわからない。

「図書館司書の仕事は続けてもらっても構わない。だが、生活費は俺の方で用意する」

莉乃の気を逸《そ》らそうと今後の生活のことについて触れたら、彼女が起き上がってようやく俺を見た。

「それでは悪いので折半にしませんか?」

自分も払うと言ってくるところが彼女らしい。祖母から聞いた話では、なにか奢《おご》ろうとしても『自分で買うのが楽しいから』と言って断るし、時には祖母の分のグッズを買ってプレゼントすることもあるという。

初めて会った日もホテルの飲食代を払おうとしていたから、きちんとした性格なのだろう。

「計算が面倒になるからいい。久世家の税金対策もあるから」

それは真っ赤な嘘だが、そう言えば彼女が納得するかと思った。

「……そうなんですね」

「勤務先は赤坂見附《あかさかみつけ》図書館だっけ？　図書館は何時に始まるんだ？」

「開くのは九時からですが、準備もあるので八時半に行ってます」

俺が新しい話題を振ると、彼女は少し声のトーンを下げてどこか不服そうに答えた。

お金の件がまだ気になるのか？

なにも考えずに甘えておけばいいのに。律儀《りちぎ》すぎるのも考えものだな。

今まで自分の周囲にいた女たちとは勝手が違い、なんだか調子が狂う。

「本が好きで今の仕事を？」

「はい。推し活をするまでは、外に出るのが嫌で本ばかり読んでいたんです。だから、本に囲まれた環境で働きたいなって思って……運よく今の図書館に就職できました」

ああ、脚のことがあるから外には出たくなかったのか。

チラリと莉乃の脚に目を向けたが、すぐに視線を戻した。

モコモコのルームウェアを着ているのも、俺に傷跡を見られたくないからか。彼女にとってはある意味、鎧《よろい》のようなものなんだろうな。

「よかったな」

そう相槌《あいづち》を打って寝ようとしたら、今度は彼女が俺に質問してきた。

「……柊吾さんはどうして警察官になったんですか？」

「九条斗真に憧れて試験を受けたんだ」

本当の理由を口にする気にはなれず、澄《す》まし顔で莉乃の推しの名前を出したら、彼女がクスッと笑ったけれど、すぐに俺と険悪な状態だったのを思い出したのか真顔に戻った。

「柊吾さんの方が入庁したのは先です。……明日、柊吾さん早いんでしたね。おやすみなさい」

彼女は軽く頭を下げると、再び窓側を向いてベッドの端に横になる。

「それだとベッドから落ちる」

ベッドは広いし、俺も襲うつもりはないのだから、そんな端に寄らなくてもいいのに。まだ俺が信用できないか。

「大丈夫です。寝相には自信ありますから」

俺が優しく声をかけても、莉乃は動こうとしない。

結構頑固だな。背後から触れたら飛び上がって驚きそうだ。

それで本当に眠れるのか？　彼女がこんな状態では俺も寝られない。

祖母が干渉《かんしょう》してくる心配がなければ、寝室は別にしたんだがな。

しばらく様子を見ていたら、彼女は寝苦しそうに何度も寝返りを打つ。

五分経っても、十分経ってもそれは続いた。

一体どうしたのかと莉乃を見ていると、彼女がボソッと呟く。

「あ～、斗真さまの抱き枕持ってくればよかった……あっ」

俺と目が合い、彼女が瞬時に顔を赤くした。

「抱き枕がないと眠れないのか？　だったら俺を抱き枕と思ってしがみついてくれてもいいが」

少しリラックスさせてやろうとそんな冗談を言えば、彼女が俺をじっとりと見た。

「思えるわけないじゃないですか」

「目を閉じれば思えるかもしれない」

こんなやり取りをせず俺もさっさと寝ればいいのに、ついつい弄《いじ》ってしまうのはなぜだろう。

「からかわないでください。もう寝ます！」

彼女が半ば切れ気味に言って窓側を向く。

しばらくしたら、スーッと寝息が聞こえてきた。

今日はいろいろあったから疲れたか。俺も寝よう。

横になって目を瞑《つぶ》ると、ドンと彼女がぶつかってきて……。

「うーん……斗真さま～」と言って、俺に抱きつく。

ハッとして目を開ければ、彼女が俺の胸に顔を寄せていた。

「冗談で言ったつもりだったが、本当に抱き枕にされるとは思わなかったな」

ハーッと盛大な溜め息をつく。

寝相には自信があるって言ってなかったか？

やっぱり女って面倒だし、苦手だ。どう扱っていいかわからない。

推しに似ていると言われているこの顔で、彼女を懐柔し続ければよかっただろうか？　いや、本性を隠して一緒に生活するなんて無理があるし、べたべたされるのは好きではない。

だったら、どうしてこの状況を許している？

俺に抱きついて安心しきった様子で眠る彼女に目を向ける。

もう寝たのだから離れればいい。

頭の中でそんな声がするが、せっかく寝たのに今動いて起こしたらかわいそうだ……と俺の心が訴える。

結局離れることができず、彼女の頭にそっと手を当てた。

俺って自分で思っていたより不器用な性格なのかもしれない。それに、彼女をなにかと気にかけている自分がいる。契約結婚の相手なのになぜだ？

自問自答するも答えが出なくて胸の中がもやもやする。

最初はなんとも思ってなかったのに――。

あれは今から十日前。

『……すべて未然に防ぎましたが、この一カ月で都内の大学の爆破予告が四件ありました。以前は月に二件のペースだったのに、倍に増えています』

俺の話を聞いて、石井《いしい》警視総監は黒いデスクの上の資料を見ながら顔をしかめた。

彼は過去に首相の秘書官を務めたこともあって政界と強いパイプがある。久世家とも懇意にしていて、俺としては仕事がしやすい上司。

『ふむ、倍か。……これ以上増えると厄介《やっかい》だな』

『ええ。このままでは対処できなくなるので、人員の補充が必要です。必要な捜査員のリストは資料の二枚目にありますので、許可をお願いします』

忙しいのにわざわざ警視総監に時間を作ってもらったのは、直談判して欲しい人材をすぐに確保するため。書類を回していては、いつ許可が下りるかわからないのだ。

『わかった。久世くんはいつも仕事が速いな』

リストをチラッと見て頷く警視総監をまっすぐに見据えて告げる。

『速くなどないですよ。今こうしている間にも誰かがテロを画策しているかもしれません。では、失礼します』

警視総監への報告を終え、警視総監室を退出すると、俺の相棒でテロ組織の対策本部の副本部長をしている松田啓介《まつだけいすけ》が慌てた様子でやってきた。

『久世〜、大変だ！』

『爆破予告でもあったか？』

松田に目を向けると、彼は俺の腕を掴んで深刻そうな顔で告げる。

『お前のばあさんが倒れたって、片桐《かたぎり》って人から連絡があった。お前の携帯に電話したが繋がらなくて、オフィスの方にかけてきたらしい』

そういえば、業務報告中にポケットに入れてたスマホが震えていたっけ。

スマホを確認すると、片桐さんから着信があった。

片桐さんはばあさんの秘書で、物腰が柔らかく、温厚な初老紳士。

『……ばあさんが倒れた？』

その知らせを聞いて、一瞬目の前が真っ暗になった。

祖母は母亡き後、俺を育ててくれた大事な家族。数年前から心臓を悪くして入退院を繰り返し、今年の春も二カ月ほど入院していた。

最近は症状が落ち着いていると聞いて安心していたのだが……。

一緒には住んでいないが、祖母のことは気にかけていて、秘書の片桐さんから毎週体調について報告を受けていた。

『久世、今日は帰れ。なにかあれば知らせるから』

松田に強く言われて退庁し、タクシーで祖母の家に向かえば、祖母がニコリと笑って俺を出迎えた。

『いらっしゃい、柊吾。意外と遅かったわね。あと三十分早く来るかと思ってたわ。コーヒーでも飲んでいたのかしら？』

チクリと嫌みを言って微笑む祖母を見て脱力する。

『倒れたんじゃないんですか？』

元気なのはよかったが、人を心配させておいて一体なにを企んでいるのか。

なんせ祖母は普通のおばあさんではない。社長だった父や祖父を支え、グループの拡大に貢献してきた、久世一族の影の実力者的な存在だ。

政財界の大物も祖母に一目置いている。

七十二歳となった今も頭がキレて、久世グループの現社長である兄も祖母には頭が上がらない。

『それは嘘よ。最近は推し活をしていることもあって体調もいいの』

あっけらかんとした顔で言う祖母に文句を言いたいが、グッとこらえる。

『それはよかったですね。ですが、どうして嘘なんかついたんですか？』

『だって最近、仕事が忙しいって言って会いに来ないんですもの。月に一度の食事会だってキャンセルしたわよねえ。こうでもしないと来ないでしょう？』

拗ねる祖母に反論はせず、額を押さえながら用件を聞く。

『……それで、どんな用があって呼び出したんです？』

『私のお友達に会ってほしいのよ。推し活の』

フフッと微笑む祖母の目がキラリと光る。

推し活って……最近ばあさんがハマってるやつだよな？

なんだかすごく嫌な予感がした。

『櫻井莉乃さんですか？』

祖母の交友関係はすべて把握している。金目当てで近づく輩がいるからだ。

最近は、港区内の図書館で勤務している櫻井莉乃という二十七歳の女性とよく出かけているようだ。なんでも、あるアニメの九条斗真というキャラクターにハマっていて、映画や聖地巡礼に行っているとか。祖母が言うには、そのキャラクターは俺に似てるらしい。

『さすがよく知ってるわね』

ニヤリとする祖母に、素っ気なく返した。

『見合いでしょう？　お断りします』

『あなたに拒否権はありません。育ての親として命じます。莉乃ちゃんに会いなさい』

祖母の勝手な命令に、ハーッと溜め息をつく。

『どうせ会ってもすぐに断りますよ』

『あなたがお見合いにうんざりなのはわかっているわ。今まで相手が悪かったものね。でも、莉乃ちゃんは私のお気に入りよ。きっとあなたも気に入るわ』

そう。今までの見合い相手は久世グループの取引先の社長令嬢や女性幹部などで、単に久世家の嫁になりたい計算高い女性ばかりだった。

『いい加減、諦めてくれませんか。結婚に興味はないんですよ』

母がシングルマザーだったから、父親と母親がいて愛されるような普通の家庭を知らない。そんな男が家庭を持ってもすぐに壊してしまうだろう。

『柊吾、私はね、あなたに家族を作ってほしいのよ。私がいなくなったら、あなたはまたひとりぼっちになってしまう』

急に祖母が悲しそうな顔をするのでハッとしたが、小さく笑って返した。

『おばあさんはそう簡単には死にませんよ』

『あら、私が死ぬかと思って今日は駆けつけたのではなくて？』

まったく、この切り返しの早さには俺も舌を巻く。

否定も肯定もせずハーッとまた溜め息をつく俺に、祖母が断固として命じる。

『四の五の言わずに会いなさい。断りたいなら、莉乃ちゃんに直接会って言いなさい。では、食事にしましょうか？　夕飯まだでしょう？　今日はあなたの大好きなぶり大根ですよ』

結局祖母の押しに負け、先週の土曜日に莉乃に会った。

艶のある長い黒髪、肌は透き通るように白く、漆黒《しっこく》の大きな瞳が印象的。エンジ色のワンピースを着た彼女は、美しさとかわいさを同居させたような容姿をしていて、普段女なんか眼中にない俺も思わず目を奪われた。

化粧はあまりしていないのに、そのピュアな美しさに魅了される。

ラウンジでも彼女は目立っていて、写真で見るより実物の方が綺麗だった。

春の妖精のように可憐《かれん》で、彼女の周りだけ空気が違って見える。

『えーと、どこかいい席は空いてないかな』

『櫻井莉乃さんですか？』

ずっとスマホを操作していて俺に気づかない彼女に声をかけた。

『……はい』

スマホから顔を上げた莉乃は、俺を見て目を大きく見開いた。

ああ、ガラス玉のように大きな目。透き通っていて汚れがない。まるで幼子のような……。

『はじめまして。僕は久世華子の孫の久世柊吾といいます』

免許証を見せて自己紹介すると、彼女はしばしその写真に見入っていた。

そんな莉乃に、『もうなにか頼まれましたか？』と尋ねたら、また彼女は俺に視線を戻し、なにかに陶酔しているような目を向ける。

『莉乃さん、莉乃さん？』

二回名前を呼んでようやく彼女と目が合った。

『はっ、あっ……すみません。あまりにカッコいい方なのでビックリしてしまって』

華子さんが自慢する気持ち、よくわかります』

素直な性格なのだろう。打算で動くことができないタイプ。

『そんなにカッコいいですか？』

『一生眺めていたいくらいです……って、あっ……ごめんなさい』

間髪入れずに答えた彼女だったが、急にハッとした表情をして顔を赤くする。

今まで会ったことがないタイプの女性だ。それに、俺の顔にかなりご執心な様子。

だが嫌な感じはしなかった。

俺が女性に対して嫌悪感を抱かないのも初めてだった。いつも俺目当ての女性に会うと気分が悪くなる。しかし、彼女にはじっと見つめられても平気だ。

邪《よこしま》な感じがしないせいだろうか。ある意味貴重な女性と言える。

彼女と会う前は見合いを断ろうと思ったが、考えを変えた。

ここで断っても、俺が結婚するまで祖母は見合い攻撃を続けるだろう。

最近は、警視総監まで『久世くん、私の知り合いのお嬢さんに会ってみないか？』

と俺に女性を紹介してきて、結婚と聞いただけで蕁麻疹《じんましん》が出るようになった。

結婚しないと一人前の男として扱ってくれない社会や組織に辟易しているのだ。

どうせまた見合いをする羽目になるなら、もう目の前にいる彼女に決めてしまえばいい。

俺は仕事に集中したい。結婚すれば周囲はなにも言わなくなるだろう。

そう思って俺のペースで話を進める。

『来週の土曜日はご両親は家にいらっしゃいますか？』

『た、多分いますけど』

ポカンとした顔で答える彼女は、俺の言葉がなにを意味するか全然気づいていなくて、『結婚の挨拶ですよ』と言っても俺に質問してくる。

『誰と誰が？』

ああ。俺の中では彼女との結婚が決定事項になっていたから、肝心の本人に伝えるのを忘れていた。

祖母にも『あなたはコミュニケーション能力が足りないわ』と嘆かれることがよくある。それは人と話すのが面倒で、自分の頭の中で自己完結してしまうから。

『もちろん僕と莉乃さんです』

俺の返答を聞いて、莉乃はかなり気が動転していた。

普段俺の周りにいる女なら、一生遊んで暮らせると喜ぶのに、彼女は違う。

『私の家は名家でもなんでもありませんし、それに……私……脚に大きな傷跡があるんです。見たらみんなが顔を背けるような……。だから、あなたとはとても釣り合わないですよ』

俺との見合いを断ろうとしたのは莉乃が初めてだ。

その時の彼女の目が暗く陰ったのが印象的で、なぜか胸がチクッとした。

『正直な方ですね。では、僕の方も包み隠さずお話ししましょう。仕事で重要な任務もあるのに、もう十何回も見合いをさせられてうんざりしているんです。ですから、あなたと結婚して煩わしさから逃れたいのですよ』

莉乃に自分の手の内を明かしたのは、彼女が脚のことを隠さずに俺に伝えたから。

不快な顔をするかと思ったら、彼女は同志を見つけたと言わんばかりに、俺の話に理解を示した。

『その気持ちわかります！　私も結婚なんてしたくないのに、周囲は私のことを心配して、勝手に見合いを設定して……実は来月も見合いの話があって……』

来月か……。やはり早く話を進めないと。

『僕と結婚すれば、莉乃さんももう見合いをせずに済みますよ。それに、ご両親も安心するでしょう？』

これで素直にうんと言うかと思ったのに、彼女は躊躇《ちゅうちょ》する。

『それはそうですが……私は柊吾さんの結婚相手として相応しくないです』

彼女のその態度に好感を持った。断られると、余計欲しくなる。

それは男の本能なのかもしれない。

『僕と結婚したら、推しに似たこの顔を毎日見られますよ』

言葉巧みに口説いて彼女を落とす。あくまでも紳士的に。

ズルい男だと思う。彼女の弱点をついて契約結婚に同意させたのだから。

莉乃の弱点は俺の顔。

俺の顔を見るだけで幸せと思っているようだから、最大限利用させてもらおう。

この機会、逃しはしない。

すべて俺の計算通り、事が運ぶと思っていた。彼女の家に挨拶に行くまでは——。

当初は、頃合いを見て入籍してから一緒に住むつもりでいた。にもかかわらず今日、入籍と新居への引っ越しを強行したのは、彼女の幼馴染のせい。

『はじめまして。莉乃の幼馴染の長谷川和也です。今日はなんの用でいらしたんですか？』

初対面なのに敵意剥き出しで、俺を歓迎していないのがよくわかった。

まあ莉乃の話から、彼女に気があるのではないかとある程度予想はしていたが。

『単刀直入に言います。莉乃さんを僕にください』

礼儀正しく誠実な婚約者を演じていたが、彼には見透かされていたようで……。

『なんだろう。心がこもってないんですよね。そんなんじゃあ、莉乃はやれませんよ』

殺気を込めて睨まれた。

なかなか手強い。どうやって彼を説得しようかと考えていたら、莉乃が彼を宥める。

『和也、私、どうしても柊吾さんと結婚したいの』

彼女のその言葉が場の空気を一気に変えた。

ご両親が結婚を承諾してくれて、婚姻届の証人のサインももらった。

だが、和也はまだ不服そうに俺を見ている。

このまま帰ったら、莉乃に結婚を考え直すよう強く説得しそうだ。

きっと彼は、莉乃をただの幼馴染ではなく、ひとりの女性として見ている。

もうここには置いておけない。俺の生活を守るには莉乃が必要だ。

『これから区役所に提出してきます。あと、赤坂に新居を用意したので、今日から莉乃さんとそちらで暮らそうと思います』

莉乃を含めて彼女の家族は呆気に取られていたが、入籍も引っ越しも一日で済ませた。

彼女の幼馴染には『莉乃を泣かせたら許さないよ』と釘を刺されたけど。

今考えると、滑稽に思えてきた。

俺はどうしてあんなに焦ってしまったのか。人からは常に冷静沈着だとか言われているのにな。

俺らしくない。女は莉乃だけじゃない。もっとビジネスライクに結婚できる相手だっていたはずだ。


「斗真さま〜、あったかい」

再び莉乃が寝言を言って俺にさらに身体を密着させてきて、ハッと我に返る。

その寝顔はとても幸せそうだ。

無邪気な天使みたいだな。触れたら壊してしまうんじゃないだろうか。

そう考えて、母のことを思い出した。

俺が小さい頃は、包み込むように抱きしめてくれたっけ。

手を伸ばして莉乃の身体を抱き寄せる。

確かに……あったかい。

その夜は久しぶりに悪夢を見ずに寝られた。


ピピッ、ピピッとスマホのアラームが鳴り、すぐに手を伸ばして解除する。

こんなにぐっすり眠れるとは思わなかった。警察官で、しかもテロ対策の仕事をしているせいか、いつもは建物がテロで爆破される夢を見て夜中に目が覚めるのに、よく寝たおかげか頭もすっきりしている。

横にいる莉乃に目をやると、俺に抱きついてまだ眠っていた。

このまま寝かせてやろう。

莉乃の抱擁《ほうよう》を少しずつ解いて上体を起こそうとしたら、彼女と目が合った。

「悪い。起こしてしまったな」

俺がそう声をかけると、莉乃は何度も瞬きをし、俺の背中に回している手をまじまじと見つめる。それから急に起き上がってベッドの上で土下座した。

「しゅ、柊吾さん、すみません！　図々しく抱きついてしまって。私、柊吾さんを襲うつもりはまったくなかったんです。あ～、本当です。神に誓って」

俺を襲った？

一瞬ポカンとしてしまったが、すぐに気を取り直してフッと笑う。

「土下座なんてしなくていい。俺が襲ったとは考えないんだな」

あんなに俺を警戒していたのに疑わないなんて、なんというか拍子抜けする。

「……だってお子さまは襲わないって言ったじゃないですか」

拗ねるように言う彼女がなんだかかわいく思えた。

「だから、ああ言えば安心して眠れるかと思ったんだ。いびき、うるさかったぞ」

笑顔でそんな感想を口にする俺を見て、彼女がキョトンとする。

「え？」

「まだ莉乃が起きるには早いから、寝てていい」

莉乃の頭をクシュッとして微笑んだら、彼女が激しく動揺しながら「い、いびきなんてかきません。私、朝食作ります！」と言って慌ててベッドを抜け出す。

走るな……と注意しようとしたら、寝室のドアがバタンと閉まった。

「朝から賑《にぎ》やかだな」

恥ずかしくて俺から逃げたか？　朝食なんて必要ないのに。

フーッと軽く息をつきながら、バスルームで歯磨きを済ませ、身支度を整えていると、なにやらアップテンポな音楽が聞こえてきた。

莉乃が聞いているのだろうか？　どこかで聞き覚えのある曲だ。

結婚して、俺の静かな日常が消え去ったような気がする。

ハーッと嘆息してバスルームを出たら、焦げた臭いがして顔をしかめた。

何事だ？　ひょっとして火事か？

嫌な予感がして慌ててキッチンへ向かう。すると、莉乃が頭を抱えていた。

火事ではないようだが、ダイニングテーブルには黒焦げのトーストが置いてある。

まるで炭の塊《かたまり》。一体何分トースターで焼いたのだろう。

「これは……なにがあった？」

ギョッとしながら莉乃に問うと、彼女はあたふたしながら答える。

「あの……トーストとケチャップとチーズがあったので、ピザトーストを作ろうと思ったら、焦がしちゃいました。ごめんなさい」

申し訳なさそうに謝る彼女に努めて優しく返した。

「気にしなくていい。いつも朝食はコーヒー一杯で済ませるから」

本当に俺のことはなにも気にしなくていい。自分でできる。

「それはダメです。朝食はちゃんと食べないと。あっ、目玉焼きも作ったんです。今、

「お皿に……嘘、こっちも焦げてる……熱～っ！」

莉乃がフライパンの目玉焼きを皿にのせるが、火傷《やけど》したのか顔をしかめて声をあげる。

ホント……騒がしい朝だな。

思わず溜め息をつきたくなったが、彼女の手を掴み、水道水で冷やした。

「火傷したらすぐに冷やせ」

「あっ、ごめんなさい。柊吾さん、早く仕事に行かなきゃいけないのに。あの、大丈夫です。ちょっと熱かっただけなので」

莉乃の手に目を向けると、少し赤いが皮は剥けていなかった。

これなら大丈夫か。

「もし痛くなるようなら……」

病院で診てもらえと言おうとしたら、彼女が俺の言葉を遮った。

「これくらい平気です。舐《な》めておけば治ります。すみません。ご面倒おかけして」

ニコッと笑っているが、その笑顔がなんだか痛々しい。

「初めてのキッチンだから、やり慣れてないんだろう。せっかくだから目玉焼きだけでも食べていく」

一応結婚したばかりだし、そんなフォローをしてみる。俺のために作ったのだから、食べないのは悪い気がした。

誰かが自分のために食事を作ってくれる。子供の頃に母を亡くした俺は、それがどんなに幸せなことか知っている。

「え？　あの……待ってください」

彼女はためらったが、時間がないので構わず皿をテーブルに運び、手を合わせた。

こっちもかなり焼けてるな。目玉焼きじゃなくて……黄身が潰れて玉子焼きになっている。

塩と胡椒《こしょう》をかけて口に運ぶと、ガリッという音がして、一瞬空《くう》を見据えた。

……殻《から》が入ってる。

「あ〜、すみません。殻入ってました？　卵を割ったの、ずいぶん久しぶりで。あの……食べないでください。お腹壊したら大変！」

莉乃が大騒ぎしたが、そのまま黙々と食べる。しかし、口に入れるたびにガリッガリッと音がして、なんとも気まずい空気が流れた。

どれだけ殻を入れたんだ？

そう思いながらも顔には出さなかったが、彼女は青ざめて……。

「本当にごめんなさい。私、不器用で、母にもいつも呆れられてて……。結婚前に料理の練習をしようと思ってたんですけど、昨日急遽《きゅうきょ》引っ越しも決まっちゃって……あっ、別に柊吾さんに文句を言ってるんじゃないですよ。こんな料理食べさせてすみません。柊吾さん、お腹壊したらどうしよう」

てんぱって一気に捲し立てる彼女をしばし見つめた。

確かにこれを毎日食べさせられたら腹が痛くなるかもしれないな。こんなに殻が入った目玉焼きは初めて食べたし、全然美味しくない。

だが、そんな正直な感想、口にできるわけがない。

腕時計をチラッと見ると、もう七時半を過ぎていた。

そろそろ出ないと……。

「大丈夫。胃は丈夫なんだ。今日は久世家の家政婦が掃除に来るから、片付けはしなくていい。怪我をされては大変だから」

美味しい料理が食べたくて彼女と結婚したのではないから、家事ができなくても別にたいした問題ではない。

「……はい、すみません。次からは頑張ります」

しゅんとした顔で謝る彼女に、頑張らなくていいと返そうとしたが、余計なことかと思って口にはせず、「……この音楽は？」と気になったことを尋ねた。

「あっ、『クールに事件を解決します』のオープニングの曲です。私の推しのアニメの曲で……今、すごく流行ってるんですよ。あの……うるさかったですか？」

恐る恐る聞いてきた彼女に、表情を変えずに「いや。では、いってきます」と告げて家を出た。

さっきのやり取りで十分ロスしたな。彼女といると、俺のペースを乱される。

やはり他人と一緒に暮らすのは難しい。仕事のようにうまく相手をコントロールできない。

だが、他の女性に感じるような嫌悪感を莉乃には抱かなかった。

離婚しますか？

「う……ん」

パチッと目を開けると、また柊吾さんの腕の中にいて慌てた。

ああ、今日もやってしまった。ベッドの端で寝ていたはずなのに、どうして起きると柊吾さんとこんなに密着してるの〜。

落ち込みながらチラリと視線を上にやれば、彼と目が合っていつものように挨拶された。

「おはよう、莉乃」

柊吾さんからはハーブ系の爽《さわ》やかな匂いがした。それは彼が愛用しているシャンプーの香り。高級ホテルのアメニティにも使用されていて、私もその匂いが気に入って、今は同じものを使っている。

「……おはようございます、柊吾さん」

落ち込みながら挨拶を返し、さっと飛び起きて乱れた髪を直すと、頭を下げて謝る。

「今日もすみません。私のせいで寝れないですよね？」

柊吾さんと結婚して一週間が経ったが、私は彼との同衾《どうきん》に悩んでいた。

彼の腕の中で気持ちよく寝てしまうのは、ハーブの香りに癒《い》やされるせいだろうか？　毎晩ベッドの端で眠りについているのにどうして？

柊吾さんはエリート警視正で重要任務に就いているのに、私は彼の安眠を邪魔している。

「ちゃんと質のいい睡眠が取れてるから大丈夫だ」

柊吾さんがベッドを出て問題なさそうに返すので、「そうですか」とホッとするが、彼が突然私を見据えてニヤリとした。

「だが、莉乃の口元によだれがついてるぞ」

「え？　嘘？」

慌てて手で口元を拭う私を見て、彼が悪戯《いたずら》っぽく目を光らせる。

「嘘だ。シャワー浴びてくる」

ハハッと笑いながら寝室を出ていく彼の後ろ姿を、鋭く睨みつけた。

またからかわれた。

このマンションに引っ越すまでは、彼のことを斗真さまに激似の紳士だと思っていた。でも、実際は意地悪な性格で、今みたいに私のことをよく弄ってくる。

半ば騙されるような形で結婚して離婚が頭をよぎったけれど、最終的に彼と契約したのは誰でもない自分自身。だから現実から逃げずに、結婚生活を続けようと決めた。

柊吾さんが私を襲わないと約束したのもある。

一週間一緒に寝てても手を出してこないのだから、本当に私は彼に女として見られていないのだ。それに、性格は難ありだけど、顔が美形であることに変わりはない。

うん、うん。物事はポジティブに考えないとね。

そもそも両親や和也を安心させるために結婚したんだもの。そう簡単に離婚してたまるものですか。強くならなきゃ。

彼が寝室からいなくなると、素早く着替えてキッチンへ。

柊吾さんには作る必要はないと言われているけれど、やっぱり生活費は彼が出してくれているのでせめて朝食くらいは用意したい。しかし、その最低限のことがうまくできないのだ。

初日はピザトーストと目玉焼きを作ったが成功せず、その後もサンドイッチや玉子粥《がゆ》などに挑戦したものの、どれもことごとく失敗。私の指も絆創膏《ばんそうこう》だらけになっている。

でも、今日こそは成功させるんだから。

今日はフレンチトースト。昨日の夜から食パンを卵液に浸しておいた。

それをフライパンで焼くだけ。

仕込んでおいた食パンを冷蔵庫から出し、フライパンで焼く。

「おっ、今日こそは成功かも。ぎゃっ……熱っ！」

油断してフライパンに触れてしまい、また火傷したが、水で冷やしている余裕はない。どうせ軽い火傷だ。

構わずできたフレンチトーストを大喜びしながら皿に盛りつける。

「わあ、莉乃作・フレンチトーストできちゃった！」

「さっき叫び声が聞こえた気がしたんだが」

パジャマからスーツに着替えた柊吾さんにつっこまれ、苦笑いしながらとぼけた。

「あ～、そうですか？ ひとりではしゃいでいたからかも。柊吾さん、今日は上手にできたんですよ。食べてください」

にっこり笑ってテーブルにフレンチトーストを置き、彼が席に着くとマシンでコーヒーを淹《い》れて出した。

「……ありがとう。いただきます」

手を合わせるが、柊吾さんはすぐに食べない。まるで不審物を見るような目で、しばしフレンチトーストを眺める。

今日も私が変なものを作っていないか心配なのだろう。

「毒は入ってないので安心してください」

笑顔でそう告げたら、「毒が入れられていたら犯罪だ」と真顔で返された。

「なんか警視正の柊吾さんに言われると、リアルな感じがして怖いです」

そんなコメントをして私も向かい側の席に座ると、柊吾さんがフレンチトーストをようやく口にした。すると、彼の口からガリッという音がして……。

まさかまた卵の殻が入ってた？

思わず柊吾さんの顔をガン見する。

「殻が入ってる。それに、ちゃんと味見したか？　全然甘くない」

この一週間で私の料理に慣れてしまったのか、彼はまるでなにかの実験の考察をしているかのように、厳しく料理の問題点を挙げる。

「あっ、砂糖入れ忘れました。……ごめんなさい」

「で、俺はいつまで毒味を続ければいい？」

呆れを通り越して、この状況を楽しんでいる彼の言葉にムッとして強く言い返した。

「明日こそは成功させます！」

「まあ、期待しないで待ってる」

フッと口元に笑みを浮かべ、柊吾さんはコーヒーで口直しをする。

やっぱり私、料理の才能がないんだな。どうしたらちゃんと食べられるものを作れるようになるのだろう。ネットで簡単なレシピを探して作っているのに。

うーん、と考え込んでいたらいつの間にか柊吾さんが私の横に立っていて、右手を掴まれた。

「え？　柊吾さん？」

驚く私の手を見て、彼は火傷の軟膏《なんこう》を塗っていく。この軟膏は、同居して二日目に彼が買ってきてくれたものだ。

「火傷したらすぐに冷やすよう言っただろ？　痕が残ったらどうする？」

火傷……うまく隠したつもりなのにバレてる。柊吾さん、鋭すぎ。

「すみません。ありがとうございます」

気まずくて柊吾さんから視線を逸らしながら礼を言うと、彼は自分の予定に触れた。

「今日は遅くなるから、先に寝てていい」

「はい。大変ですね」

今日はと言っているが、ここ一週間ずっと彼は深夜に帰宅している。師走《しわす》ということで、忘年会とか夜の集まりが毎日のようにあるらしい。

政治家との会食もあるようだし、柊吾さんの立場だといろいろ気苦労も多いだろう。

なのに、私は料理といい、睡眠といい、彼の足を引っ張ってばかり。

「明日からは柊吾さんの睡眠の邪魔をしませんから」

自信を持って声高らかに宣言する。

「どうしてそう自信満々に言い切れる？」

じっと私を見て怪訝《けげん》な顔をする彼に、うきうきしながら言った。

「実は明日、実家から斗真さまの抱き枕が届くんです」

「それはよかったな。……そろそろ行かないと。ごちそうさま」

私の報告を聞いて関心なさそうに相槌を打つと、彼は腕時計をチラッと見た。

家を出る柊吾さんに玄関までついていって送り出す。

「行ってくる」

振り返って私の頭をポンと叩く彼に、「いってらっしゃい」と返した。

奥さんというよりは、ペットのような扱い。口調は俺様だし意地悪だけど、顔は斗真さまに激似とあってハンサム。なんだか気持ちは複雑だ。

いつもからかわれるから明日こそは美味しい朝食を作って、彼にぎゃふんと言わせたい。

ダイニングに戻り、食器を片付けると、私もマンションを出て図書館へ。

勤務先の図書館までは地下鉄を使って約四十分ほど。

柊吾さんはあの久世家の人間だからか、当然のようにタクシーを使うように言ったけど、それだと高くつく。

通勤時間は実家から通ってた時とあまり変わらないから問題ない。

図書館に着いて本棚を整理していたら、私のひとつ先輩の佐伯杏《さえきあん》さんがやってきた。

セミロングのフェミニンな茶髪に、綺麗なお姉さま系のメイク。男性にモテて恋愛経験も豊富な彼女は毎週のように合コンをしていて、たびたび男の人をお持ち帰りする肉食女子だ。

「ねえねえ、莉乃ちゃん、今日忘年会やろう」

忘年会というワードを聞いて少し身構える。

「図書館の人たちとですか？」

「まあ、そんなとこ」

正直言ってお酒の集まりは苦手だ。女性だけならいいのだが、男性もいるとなにを話していいのかわからなくて萎縮《いしゅく》してしまう。だから、毎回店のスタッフのように動いて裏方に徹するか、会場の隅っこで会が終わるまで大人しくしている。

「今日は……あの持ち合わせがなくって……」

遠慮がちに断ろうとしたが、彼女が笑顔で押し切った。

「大丈夫。お金の心配全然いらないから。じゃあ、仕事終わったら一緒に行こう」

ポンと私の背中を叩くと、杏さんがこの場から去っていく。

「ちょ……杏さん！」と彼女を追いかけようとしたら、総務課の人に声をかけられた。

「櫻井さーん、これ変更届けの書類。メールアドレスは変えなくていいの？」

総務課の人に書類が入った封筒を手渡され、笑顔で礼を言う。

「はい、ありがとうございます。周囲も混乱すると思うので」

結婚して名字が変わったから、いろいろと登録変更の手続きをしないといけないのだ。でも、結婚のことは周囲には伝えていない。

だって私が久世家の人間と結婚したなんて言ったら、きっと大騒ぎになる。柊吾さんのことを根掘り葉掘り聞かれるだろうし、業務にも支障をきたすかもしれない。

給与や社会保険の手続きの関係で総務課だけには報告しているけれど、今後も旧姓で仕事を続けるつもりだ。保険証などの公的なものは旧姓のまま使えないのがネックだが、結婚後も仕事はいつも通り。

図書館司書の仕事は、利用者への本の貸し出し、本の登録や発注、壊れた本の修復、企画の立案等多岐《たき》に渡る。

書類を自席に置いてから脚立に上って本の整理をしていると、ちょっとバランスを崩してしまい、誤って一冊本を落としてしまった。

「あっ！」

「おっと！　はい。どうぞ」

タイミングよく通りかかった大学生くらいの男の子が本をキャッチして、私に差し出す。

「あ、ありがとうございます」

礼を言いながら振り返って本を受け取ると、初めて見る顔だった。

黒い短髪で中肉中背。黒縁メガネをかけた優等生風の風貌をしていて、紺のジーンズにグレーのセーターを着ている。

「どういたしまして。大丈夫でした？」

ニコッと優しく微笑みかけられ、こちらも反射的に笑顔で返す。

「はい。本も私も無事です」

「どちらも無事でよかったです。脚立危ないですから気をつけてくださいね」

「ええ、気をつけます……キャッ！」

そう返事をした途端、足を踏み外しそうになり、「危ない！」と彼が叫んで私に手を伸ばす。

彼に支えられ、なんとか落ちずに済んだ。

「ご、ごめんなさい」

一瞬、ヒヤッとした。脚立に上った時は注意しないと。

「とてもしっかりして見えるのに、案外そそっかしいんですね」

クスッと笑う彼が口にした言葉に首を傾げる。

「あれ？　前にもお会いしましたっけ？」

以前も来ていたのかな？

不思議に思って聞くと、彼は微《かす》かに目を見開いた後、「いえ……ただ単に見た目のイメージですよ」とメガネのブリッジを上げ、私から離れた。

「ああ。同僚にも『見た目はしっかりしてそうなのに、抜けてるよね』ってよく言われます。あの……学生さんですか？」

ちょっと気になって尋ねたら、彼は穏やかな目で答える。

「ええ。近くのS大に通っています」

S大は超難関私立大学。そこに通っているということは、相当頭がいいのだろう。

「S大なんてエリートですね」

すごいと思って褒めたら、なぜか彼の表情が急に曇った。

「いえ、全然そんなことありませんよ。滑り止めで受けた学校ですから」

「私なら本命だとしても受かりませんよ」

謙遜する彼にニコッと笑ってそんな言葉を返したら、彼も「そんなことないです。司書は人気職ですし、かなり優秀な人じゃないとなれませんよ」と小さく微笑した。

あっ、笑った。彼の表情が曇って見えたのは、気のせいだったのかも。

「私は単に運がよかったんですよ。なにか必要な本があったら、私に言ってくださいね。可能であれば取り寄せますから」

二度も助けてもらったのでそんな言葉をかけると、「ありがとうございます」と礼を言われた。

いい学生さんだったな。こんなちょっとした出会いに心があったかくなる。

柊吾さんと結婚して少し男性に慣れてきたのか、初対面の人でもあまり緊張せずに話せるようになったかもしれない。

本棚の整理が終わり、彼と別れてカウンター業務をしていたら、パソコンが突然フリーズした。

「え?　壊れた?」

困惑しながら再起動を試みるも、パソコンは動かない。

どうしよう〜。他のパソコンは別の人が使っているし、返却処理しなきゃいけない本がたくさんあるのに……。

「パソコン動かないんですか?」

さっきのメガネの学生さんが私に声をかけてきて、苦笑いする。

「そうなんです。再起動しても直らなくて……。周りの同僚もパソコンとかシステムに弱くて、メンテナンス業者を呼ぶと時間がかかるし、どうしよう……」

機械オンチの私が困っていたら、学生さんが私にニコッと微笑んだ。

「僕が見てみましょうか?」

「え?　いいんですか?」

「ちょっと失礼しますね」

学生さんがカウンターの中に入ってきて、パソコンを調べると、カチャカチャとキーボードを操作し始めた。

「多分、これで大丈夫です。パスワード入力してくださ い。えーと、櫻井さん」

学生さんが私のネームプレートを見て名前を呼ぶと、言われるままパスワードを入力した。

「あっ、入れました。ありがとうございます！　こんな簡単に直せるなんてすごいですね」

「専門がコンピュータ工学なので、ちょっとパソコンに詳しいだけです。……ところで、櫻井さんも『クールに事件を解決します』の九条斗真が好きなんですか？」

学生さんが私がブラウスの胸ポケットに入れていた斗真さまのチャーム付きペンに目を向ける。

このペンをすぐに見てわかるなんて、彼もアニメのファンなのだろうか？

「はい。先日も友人と映画を観に行ったんですよ」

私の返答を聞いて、彼が笑みをこぼした。

「僕も斗真推しで、映画観に行きました。断崖絶壁のシーンよかったですね」

彼のコメントを聞いて、ついはしゃいでしまう。

「私もあのシーンが好きです。斗真さまが尊くって。あの……差し支えなければお名前を教えていただけないでしょうか？」

今日は三回も助けてもらったし、彼も斗真さま推しとあって名前くらいは知っておきたかった。

「不破将生《ふわまさき》といいます。それじゃあ、また」

私の目をまっすぐに見てそう告げると、彼は軽く会釈して去っていった。

その後も業務をこなし、あっという間に閉館時間となった。

片付けをして帰る準備をしていたら、杏さんが私の肩を叩いて声をかける。

「さあ莉乃ちゃん、行こう」

そういえば、今日は忘年会だった。

杏さんの横には後輩の女の子がふたりいて、「今日楽しみ～」「当たりだといいな～」と言い合っている。

「課長さんは今日忘年会って話してませんでしたけど……」

気になったことを尋ねるが、杏さんは質問に答えず私を急かした。

「いいから、いいから。早く」

言われるまま図書館を出て地下鉄に乗り、銀座《ぎんざ》で降りて、お洒落なイタリアンの店に行く。

「あの……こんな高級そうな店……私、本当に今日持ち合わせが……」

財布の中はクレジットカードと二千円の現金のみ。お昼に近くのコンビニで下ろそうと思っていたのに、忘れてしまった。

「大丈夫。私たちは払わなくていいから」

フフッと笑う彼女を見て、なんだか嫌な予感がした。

「でも、そんなの悪いし、どこかコンビニで下ろして……」

「ダーメ。みんな私たちを待ってるの」

杏さんに背中を押されて店に入り、奥の個室に案内されるが、八人掛けのテーブルにスーツ姿の男性が四人座っていてギョッとした。

「お待たせ～」

杏さんが明るく挨拶すると、男性のひとりが嬉しそうに頬を緩める。

「待ってたよ。みんな美人揃いじゃないか」

このふたりは顔見知りのようだけど……。

ちょっと待って、これって合コンじゃない？

「こちらは私の大学時代の先輩の後藤《ごとう》さん。先週街で偶然会って、合コンしようってことになったの」

「あの、待ってください。合コンはちょっと……」

一応結婚してるから困る。

杏さんに小声で訴えるが、見事にスルーされた。

「ほら、みんな座ってるから、莉乃ちゃんも座って」

その場から動けずにいたら、杏さんに手を掴まれ、強引に隣に座らされる。

顔を強張らせながら再度彼女に「合コンは無理です。帰ります」と伝えたが、怖い顔で拒否された。

「莉乃ちゃん、先輩の言うことは聞くものよ」

「そうだよ、ここまで来て帰らないでよ。もう人数分のコースを注文済みなんだ。飲み物はシャンパンにしたけど、他に好きなものがあったら頼んでね」

後藤さんが気前よく言うが、帰りたくて仕方がなかった。

ああ〜、最悪。ここで結婚してると言っても、信じてもらえないだろう。

結婚指輪もしていないし、身分証もまだ櫻井のままだ。

「俺は野村《のむら》慶太《けいた》。後藤の同僚」

目の前に座っているエンジ色のネクタイの男性が、気さくに話しかけてくる。なんでも彼らは有名商社に勤務してるらしい。

「君は名前なんて言うの?」

「……櫻井莉乃です」

条件反射で旧姓を名乗ってしまったが、この場合はそれでよかったのかもしれない。

名字が変わったと知られれば、杏さんにつっこまれてややこしいことになる。

「莉乃ちゃんかあ。顔もだけど名前もかわいいね。美人だからモテるでしょう?」

「いえ。全然。今までナンパもされたことないですし、彼氏だっていませんでした」

今、夫はいますけど……。

野村さんの顔を見ずにそう返して、じっとテーブルに置かれた水を見つめる。

合コンのなにが楽しいんだろう。

「へえ、彼氏いないなんてよほど面食いとか?」

「推し活に夢中なんです」

ハハッと引きつった笑いを浮かべながら答えたら、横から強い視線を感じた。

ハッとして目を向けると、杏さんがギロッと睨んでいる。

推し活の話はするなということだろうか?

そういえば、何度か見合いで推し活の話をしたら、相手にかなり引かれてしまった。

私がガチガチに緊張して、一方的に推し活の話をしたからかもしれない。

——でも、柊吾さんは引かなかったな。

「ええと……女子校育ちで引っ込み思案な性格なんです」

ボソッとそう付け加えると、水をゴクゴクと口にする。

「女子校いいね～。だから、莉乃ちゃんは清楚な雰囲気なんだね～。休みの日はやっぱり読書とかしてるの？」

「そうですね。他にも、推し……いえ、なんでもないです」

相手に合わせてそんな話をしていると、シャンパンが運ばれてきた。

店員さんに小声で水のおかわりを頼んだら、みんなが乾杯を始めたので慌ててシャンパングラスを手に取る。

ひと口だけ飲んだところで料理も並べられて、野村さんたちの話に相槌を打ちながら食事をした。

美味しい料理なのだろうが、緊張からか味がよくわからない。

いつになったら解放されるのだろう。

あ～、柊吾さん、ごめんなさい。契約妻とはいえ、合コンに参加してしまいました。

不可抗力なんです。本当にごめんなさい。

心の中で何度も彼に謝るけど、罪悪感で頭がいっぱいだ。

喉もカラカラでゴホッゴホッと咳《せ》き込む。

お水はとっくになくなっている。店員さんに頼んだ水はまだ来ていない。

もうこうなったらシャンパンで喉を潤そう。

外で飲むのは家族に禁止されていたが、仕方がない。

ゴクゴクとシャンパンを一気飲みすると、野村さんが「おおっ、莉乃ちゃんいい飲みっぷり」と褒めて、私のグラスにシャンパンを注ぐ。

飲めば気まずくならない。相手も喜ぶ。それにアルコールが入れば、緊張が解けるかも。

再びグラスを一気に空けると、心臓の鼓動がすごく速くなってきた。

「莉乃ちゃん、お酒強かったんだ。もっと飲みなさいよ」

杏さんたちも勧めてきて、三杯目を口にする。

その後もチビチビと飲んでいたら、だんだん身体が熱くなって、頭もボーッとしてきた。

このシャンパン、美味しい。

「お酒って……最高」

フフッと笑みを浮かべ、じっとシャンパングラスを眺める。

「いやあ、ほろ酔いの莉乃ちゃんってかわいいね」

野村さんがクスッと笑ってじっと私を見つめてきたが、その視線もお酒のお陰で気にならなかった。

「酔ってましぇん……よ」

みんなの顔がわかるし、眠くもない。まだまだ飲みが足りないかも。

記憶が吹き飛ぶくらい酔っ払えば、合コンも苦に感じないだろう。

そんなことを思っているうちに食事を終えて、気づいたら店を出ていた。

あれっ? 記憶が少し飛んでいる。さっきまで店にいたのにな。

「二次会のカラオケ行こう」

杏さんの声がしたと思ったら、耳元で男性の声が聞こえた。

「さあ、莉乃ちゃんも行こう。莉乃ちゃん、ふらついてる。こっちだよ」

誰の声かはわからない。男性に肩を抱かれたが、その手を振り払う力もなかった。

おまけに足元も覚束なくて、グニャッと揺らいでいるような気がする。

まるで柔らかいベッドの上に立っているような感じ。

今すぐ……寝たい。

「家に……帰りたい」

ポツリと呟く私の肩を抱いて男性が歩き出す。

「後で送ってあげるからさ」

「ダメ……。帰らな……きゃ。お母さんが心配……する」

「もう大人なのに親が心配するなんて、莉乃ちゃんはいいところのお嬢さんなんだね。

じゃあ今夜は友達のところに泊まるって連絡すればいい。明日は土曜だし、ね」

男性の息が顔にかかって、思わず顔をしかめた。

なんだか……気持ち悪い。

「嫌……。帰る」

口で抵抗はするものの、身体が動いてくれない。

「だから、カラオケ行くんだって」

男性に強引に連れていかれそうになった時、どこからか斗真さまの声がした。

「彼女は俺の妻だ。返してもらう」

冷ややかなその声と共に、力強い手に抱き寄せられ、よく知ったハーブ系の匂いが
私の身体を守るように包み込む。

この人は斗真さまじゃない。

「柊吾さん」

どうして柊吾さんがここにいるんだろう。私、酔って夢でも見てるのかな。

これで家に帰れると思ったからか、彼がそばにいるのが嬉しくて、自然と笑みがこぼれる。

「大丈夫か？」

柊吾さんの優しい声がしたかと思ったら、さっきまで私の肩を抱いていた男性に腕を強く掴まれた。

「待て。妻って……そんなデタラメを言うなよ！」

喧嘩腰で言う男性の手を振り払い、柊吾さんが冷たく見据える。

「これでもデタラメだと？」

柊吾さんに顎をクイと掴まれたかと思ったら急に視界が翳《かげ》って、なにか柔らかいものがほんの一瞬唇に触れた。

わけがわからずボーッとしていると、周囲が静まり返って、柊吾さんが私を抱き上げる。

「さあ、帰るぞ、莉乃」

「はい」と反射的に頷く私を、彼がギュッとしてきて心がホッとした。

この安心感はなんだろう。夢か現《うつつ》かわからないけれど、彼がいれば大丈夫だと無条件に思えるのだ。

柊吾さんの腕の中でうつらうつらしていると、すぐに知らない男性の声がした。

「おい、その子、本当に久世の奥さんなのか?」

「ああ。松田、タクシー呼んで」

フランクに『松田』と呼ぶ柊吾さんの声は、なんだか親しげ。

「へいへい。今度じっくり話を聞かせてもらうからな」

柊吾さんとその男性のやり取りが音楽のボリュームを下げていくようにだんだん聞こえなくなって……。

気づけば、そのまま意識を手放していた。


「う……ん、お水飲みたい」

自分の寝言でパッと目が覚めた。

何度か目をパチパチと瞬いて視界に入ってきたのは、柊吾さんの顔。

「ほら、水」

彼がペットボトルの水を差し出してきたので、上体を起こして受け取った。

「……ありがとうございます」

お礼を言って水を飲みながら、なぜベッドにいるか考える。

確か杏さんに騙されて合コンに行って、イタリアンを食べていたはず。

どうやってここに帰ってきたのだろう。

合コンが苦痛で、シャンパンをたくさん飲んだところまでは覚えてる。

でも、その後の記憶が曖昧というか……夢を見た。

柊吾さんが現れて、お姫さま抱っこしてくれて……でも、その前にキスもされたような。

彼はお子さまな私にキスなんてしないはずなのに変なの。

いや、変だから夢なのか。

それにしても、夢にしてはやけにリアルだった。唇の感触もしっかり残ってる。

柊吾さんの唇は柔らかかった……な。

夢のキスを思い出していたら、彼の顔がドアップで私の目に映った。

非の打ちどころのないその美麗な顔にドキッとする。

「気分は？」

彼に聞かれ、少し動揺しながらも笑顔を作って答える。

「はい、大丈夫です。あの……私、どうやって帰ってきたんでしょう……って、柊吾さんも昨日遅かったんだからわからないですよね」

ハハッと笑ってペットボトルをとりあえずベッドサイドのテーブルに置き、ベッドを出ようとしたら、柊吾さんに腕を掴まれ押し倒された。

「まだ話は終わってない。昨日俺が莉乃を連れて帰ったんだ。覚えてないのか？」

怒りを抑えたような声。

「え？　柊吾……さん？　私を連れて帰った？」

わけがわからず彼を見つめると、盛大な溜め息をつかれた。

「……どうやら酔ってて覚えていないようだな。昨日泥酔した莉乃が知らない男に肩を抱かれているところに遭遇して、助けたんだよ」

彼の返答を聞いてサーッと血の気が引いていく。

私が夢だと思っていたのは現実だった？

「どういうことか説明してもらおうか？」

柊吾さん、目も鋭く光っていて、こ……怖い。

合コンに参加したって言ったら、離婚しますか？

夫である証明　―　柊吾side

「喉……から……水」

ベッドに寝かせた莉乃がうわ言のように呟く。

寝室にあるミニ冷蔵庫からペットボトルの水を取り出し、ベッドに近づいて莉乃を起こそうとしたら、「う……ん、お水飲みたい」と言って彼女が目を開ける。

じっと見ていると、彼女が何度か瞬きしてようやく目が合った。

「ほら、水」と言ってペットボトルの水を莉乃に差し出しても、彼女はすぐに反応せず、ワンテンポ遅れて受け取る。

「……ありがとうございます」

まだ頭がはっきりしていないのか、彼女はゆっくりとした動作で水を飲んだ。

かなり泥酔していたけれど、この様子だと具合は悪くないようだ。

だが、一応本人に確認する必要がある。

「気分は？」

どこか壁の一点を見つめている莉乃の視界に入って問えば、彼女は小さく笑って答えた。

「はい、大丈夫です。あの……私、どうやって帰ってきたんでしょう……って、柊吾さんも昨日遅かったんだからわからないですよね」

少し困ったような表情をして莉乃は俺から視線を逸らすと、ペットボトルの水をベッドサイドのテーブルに置く。

あれだけ俺をハラハラさせたくせに、当の本人はなにも覚えていない。

そのことにムカついて、ベッドを降りようとした彼女を組み敷いた。

「まだ話は終わってない。昨日俺が莉乃を連れて帰ったんだ。覚えてないのか？」

「え？　柊吾……さん？　私を連れて帰った？」

俺を見つめる莉乃の目には戸惑いの色が見えていて、余計に苛立つ。

「……どうやら酔ってて覚えていないようだな。昨日泥酔した莉乃が知らない男に肩を抱かれているところに遭遇して、助けたんだよ」

冷淡な言い方になってしまったのは仕方がない。これでも呆れと怒りを必死に抑えているのだ。

俺の説明を聞いて莉乃の顔がみるみるうちに青ざめたが、構わず彼女に迫った。

「どういうことか説明してもらおうか？」

彼女が寝ている間ずっと問い質《ただ》したくてたまらなかった。

最初にいつもと違うと感じたのは、仕事から帰ったという知らせがなかったこと。

結婚してからずっと午後七時過ぎに【帰宅しました】と俺にメッセージが届いていたのに、昨日はなかった。

てっきり疲れて家のソファででも寝ているのだと思っていた。なぜならこの一週間、彼女は勤務先からまっすぐ帰宅していたから。

昨日の夜は、松田と一緒に警視総監のお供で政治家との会合に参加していた。

表向きはテロの現状報告だが、場所は銀座の高級料亭なのだから実質宴会のようなもので、芸者を呼んで政治家たちが羽目を外していた。

『久世くんのお父さんとは大学が一緒でね。よくここで飲んだものだよ』

ある政治家が日本酒を口にしながら、ご機嫌な様子で父のことを語る。

『そうですか。さあ、もっと飲んでください』

酒を注ぐ俺を見て、その政治家がニヤリとした。

『君が芸者に化けたら売れっ子になるだろうな』

『それはどうでしょうか。女顔とは言われますが、本職の方とは比べものになりませんよ』

澄まし顔で返す俺の横で、松田がククッと肩を震わせて笑っている。そんな彼をひと睨みして、俺は政治家に媚《こ》びを売った。

『テロ対策にはまだまだ予算と人員が足りません。ご配慮のほどお願いします』

仕事だと思ってできるだけにこやかに対応していたが、内心ではこんな宴会は早く終われ……と思っていた。

午後十時過ぎに会がお開きになり、黒塗りの公用車で帰っていく政治家と警視総監を松田と共に見送る。

『あ〜、肩凝った。どこかバーで飲み直すか？』

肩をトントン叩きながら松田が誘ってきて、『そうだな』と相槌を打つ。

ふたりで繁華街の方へと歩いていると、偶然莉乃と同じ背格好の人を見かけた。

似た人間がいるものだな。

普段はそんなにじっと人を見ることはないのだが、なんとなく目が離せなくて視線を逸らせずにいたら、本人だった。

道理でメッセージが来ないはずだ。ここにいたのか。

忘年会シーズンだし、彼女の勤務先からもそれほど離れていないから、仕事帰りに飲んでいたとしても不思議ではない。

楽しんでいるならそのまま通り過ぎただろう。夫だからといって、彼女の行動を制限はしない。

だが、危険が迫っているなら、話は別だ。

彼女は明らかに足元が覚束ないくらい酔っていて、男に肩を抱かれどこかに連れていかれそうになっている。

……このままでは危ない。

気づいたら彼女の方に走り出していた。

近づくにつれて、ふたりのやり取りが聞こえてくる。

『家に……帰りたい』

莉乃がそう呟けば、一緒にいる男が『後で送ってあげるからさ』と調子のいいことを言う。

『ダメ……。帰らな……きゃ。お母さんが心配……する』

莉乃は拒否しているが、男は優しく宥める。

『もう大人なのに親が心配するなんて、莉乃ちゃんはいいところのお嬢さんなんだね。じゃあ今夜は友達のところに泊まるって連絡すればいい。明日は土曜だし、ね』

下心が見え見え。

だが、酔っている莉乃は子供のように『嫌……。帰る』と言うだけで、今にも寝そうな雰囲気。

『だから、カラオケ行くんだって』

痺《しび》れを切らした男が無理矢理彼女を歩かせようとするのを見て、一気に距離を詰めた。

『彼女は俺の妻だ。返してもらう』

男の手から強引に莉乃を奪い、冷淡に告げる。

周囲に人がいなければ、『その汚い手で妻に触れるな！』と罵声《ばせい》を浴びせていたかもしれない。

それほど男に対して怒っていたのだが、莉乃が笑みを浮かべながら『柊吾さん』と俺を呼んだものだから脱力した。

酔っ払いってある意味最強だと思う。俺をこんなにもハラハラさせている張本人は、自分がどんなに危ない状況か全然わかっていないのだから。

明日の朝起きたら説教だな。

『大丈夫か？』

気を取り直して莉乃に優しく返し、この場から去ろうとしたら、男がしつこく彼女の腕を掴んでくる。

『待て。妻って……そんなデタラメを言うなよ！』

デタラメ？

その言葉で俺の中でなにかがブチッと切れた。

『これでもデタラメだと？』

男の手を叩くように払い、莉乃に顔を近づけて彼女の唇を奪う。

これが妻と証明するのに一番手っ取り早いと思った。

結婚指輪はしてないし、婚姻届のコピーがあるわけでもない。

別にこんな男に夫だと証明しなくても、警察手帳を見せれば相手が簡単に引くことはわかっていたが、莉乃にキスせずにはいられなかった。

それはオスとしての本能だったのかもしれない。

彼女が俺の女であることを周囲にもわからせる。

男もその周りにいた人たちもポカンとした顔で俺たちのキスを見ていたが、構わず、もう立っているのもやっとの状態の莉乃を抱き上げた。

『さあ、帰るぞ、莉乃』

結婚というのは、ただ役所に婚姻届を提出して、一緒に住めばいいと思っていた。

だが、それだけでは足りない。結婚指輪も必要だ。

そんなことを考えながら歩き出すと、いつの間にか松田が俺の横にいて顔をニヤニヤさせている。

『おい、その子、本当に久世の奥さんなのか？』

莉乃に気を取られて、こいつのことを失念していた。面倒な奴に見られてしまったな。ちゃんと返事をしないとしつこく絡んで聞いてくるだろう。

『ああ。松田、タクシー呼んで』

淡々と返して、松田にこれ以上質問させる隙を与えないようにする。

『へいへい。今度じっくり話を聞かせてもらうからな』

松田はスマホを操作してタクシーを呼びながら、楽しげに俺に返した。

『今度なんてない。この話はここで終わりだ』

ぴしゃりと言うが、こいつはいいネタを掴んだとばかりに俺を弄りだす。

『終わりにできるわけないだろ？　公衆の面前であんな熱いキスを見せつけておいて。久世が独占欲強い熱い男だって初めて知ったよ』

ああ、本当に面倒な男だな。

『自分の所有権を主張してなにが悪い？』

思わずキツく言い返したら、松田が大袈裟に驚いてみせた。

『おお、怖！　お前がそんな執着するなんて、相当大事なんだな、その子』

松田がジーッと莉乃を見つめてきたので、ギロッと睨みつけて注意した。

『松田、そんなにじっと見るな。減る』

『独占欲剥き出しの久世もいいねえ。お前も人間だったんだって安心するわ』

しみじみと言われカチンときたが、今度は抑える。

『心配かけた覚えはない。じゃあお疲れ』

ちょうどタクシーが来て先に莉乃を乗せると、俺も乗り込み、松田に向かって軽く手を上げた。

『お、おい、俺も乗せてくれるんじゃないの？』

驚いた顔をする松田を見て、フッと笑う。

『乗せたら新居までついてくるだろ？　運転手さん、出してください』

運転手に声をかけタクシーが動き出すと、松田がまだなにか言いたそうな顔をして俺たちを見送っていた。

その様子を見ていたら、ドアにもたれかかっていた莉乃が『ううん……柊吾さん』と呟き、俺の膝を枕にして寝始める。

そんなことをされたのは初めてで、思わず呆気に取られた。

『柊吾さん……ごめんなさ……い』

莉乃が謝るから起きているのかと思ったら、寝言。安心して眠るその顔はもう見慣れているが、ずっと見ていても飽きないのはなぜだろう。

『なにがごめんなさいなんだか』

ハーッと溜め息交じりに言って、彼女の頭に手を置く。

あの男が莉乃の肩を抱いているのを見て、自分の立場だとか、同僚の存在だとか……全部吹っ飛んだ。

莉乃を奪い返す。それしか頭になかった。

彼女に出会ってから衝動的な行動ばかりしている気がする。

――いつもの自分でいられない。

今まで誰も近づけさせないことで自分を守ってきた。莉乃とはそんな俺の生活を守るために便宜的に結婚したにすぎない。

冷静になれ。彼女を愛してるわけじゃない。俺のものだから守ったまでのこと。

大好きだった母が父の愛人だと知った日から、もう誰も信じないと、誰も愛さないと心に決めた。そうすれば裏切られることはない。

今の俺は誰の力に頼ることなくひとりで生きていける。なのに……莉乃といると自分がおかしくなる。

なんていうか……空っぽだった心になにか温かいものが入り込んで満たされるような感じがするのだ。

今だって莉乃が俺の膝の上で寝るのを許している。これがもし他の女だったら、払い除《の》けていただろう。

どうして彼女だけ……？

自問自答しているうちにタクシーが自宅マンションの前に着き、支払いをスマホで済ませ、莉乃の肩を揺すって起こした。

『莉乃、起きろ』

『う……ん？ ……斗真さま？』

虚《うつ》ろな瞳が俺を見て、推しの名を呟く。

出会った時は、間違えられてもあまり気にしなかったが、今は胸の中がもやっとする。

――いい加減、推しと俺は違うと認識してほしい。

そんな風に苛立ちを感じる自分にも呆れる。

もともと推しに似ているこの顔を使って結婚を迫ったのにな。

『柊吾だ。降りるぞ』

溜め息交じりに訂正して、まだ半分寝ている莉乃に手を貸しながらマンションへ。

エレベーターに乗って部屋に着くと、玄関前の廊下に彼女が寝そべった。

『もう歩けましぇん。……おやすみなさい』

『こら、ここで寝るな！』

ギョッとして注意したら、彼女が嫌な奴の名前を口にする。

『和也……うるさいよ。ここで寝るの』

ゴニョゴニョ言いながら彼女は床に頬ずりした。そんな彼女をしばし見据え、心を落ち着ける。

和也と間違われたのが気に食わなかった。斗真も嫌だが、和也の名前はもっとムカつく。俺は斗真でも和也でもない。

無意識でもちゃんと俺と認識してもらうには、どのくらい時間がかかるのだろう？

それにこれ……どうする？

彼女の希望通りここで寝かせるわけにはいかない。

莉乃の靴を脱がせて、彼女を抱き上げる。

『こんなところで寝るな。風邪を引くだろう？』

『……廊下、冷たくてほっぺた気持ちよかったのに』

文句を言われ、冷淡に言い返した。

『それは莉乃が酔ってるからだ』

酔いが覚めたら絶対にことの次第を確認しないと。

今回、たまたま通りかかったからよかったが、もし俺がいなかったら莉乃はあの男に襲われていたかもしれない。考えるだけでゾッとする。

寝室のベッドに運ぶと、莉乃のコートに手をかけた。

『ほら、脱げ』

そう声をかけるが、彼女は言うことを聞かずそのままベッドに横になる。

『ん……眠い』

『コートがシワになるぞ』

そう言っても莉乃が動かないので、仕方なく俺が脱がした。

『ハーッ、本当に世話が焼ける嫁だな』

コートをハンガーにかけると、ベッドで寝ている莉乃に再び目を向ける。

寝間着に着替えさせたいが、この状態だと無理だな。

コートを脱がすのも一苦労だった。それに俺に肌を見られたくないだろう。

いつも彼女は肌の露出が少ない服を着ていて、傷跡を気にしてか特に脚が見える服装は避けているようだ。今だって分厚いタイツを穿いているし、家の中でもそれは徹底している。

そういう意味では、まだまだこの家は彼女にとって本当の家ではないのかもしれない。それはつまり安らげる場所ではないということ。

屈んで莉乃に布団をかけようとしたら、彼女の手が突然伸びてきて抱き寄せられた。

『……柊吾さん、ご飯ですよ』

ハッとしながら彼女の背中に手を回す。

『莉乃？』

朝の夢でも見ているのだろうか。

一緒に住むようになってから、朝食は彼女が用意してくれる。料理が苦手なのに、手を絆創膏だらけにしながら俺のために作るのだ。

初めは余計なことを……と思っていたのだが、最近は受け入れている。

必要ないと言ってもきかないし、美味しいとはお世辞にも言えないのだが、黒焦げになっていなければ食べることにした。

彼女は失敗ばかりで毎日落ち込んでいるけれど、諦めずに作り続ける。

そんな日常を楽しく思っている自分がいて……。

布越しに伝わってくる彼女の温もり。

ギュッとしたら壊れるんじゃないかって思うくらい華奢《きゃしゃ》な彼女の身体からは、俺と同じシャンプーの香りがした。多分もう目を瞑っていても莉乃だとわかる。

スーッと彼女の寝息が聞こえてきても、しばらく腕に抱いたままでいた――。


「……ごめんなさい！」

莉乃が半泣きで謝るその声を聞いて、ハッと我に返った。

その目が潤んでいて、慌てて彼女を抱き起こす。

「どうしてあの男と一緒にいた？」

今度は優しく問えば、彼女は俺の目をまっすぐに見て答える。

「昨日……同じ図書館に勤めている先輩に、忘年会に誘われたんです。お店に行ってみると、男性メンバーがいてそこで合コンって気づいて……。でも、今さら帰れない状況で……」

合コン。……そういえば、他にもメンバーがいたような気がする。

「同僚には結婚したと伝えてなかったのか？」

「仕事は旧姓のままやっているので、一部の人にしか知らせてなかったんです。結婚相手のことを聞かれたらいろいろ騒がれそうで」

莉乃を責める気にはなれなかった。俺も同僚に結婚のことを伝えていない。理由も彼女と同じだ。

「なるほど。で、どうしてあんなに酔ってたんだ？　外では飲まないんじゃなかったのか？」

俺の前では飲まなかったから不思議に思った。

「喉が渇いていたのもありますけど、居心地が悪くてつい……。本当にごめんなさい」

心から反省している様子の彼女に確認する。

「あの男に肩以外触られなかったか？」

「みんなと食事しただけなので、触られてないと思います。多分……」

多分……というのが微妙だな。

まああれだけ酔っていたのだからあまり記憶もないか。

「次からは気をつけるように」

「……はい。人妻なのに合コンに参加してしまってすみませんでした。呆れましたよね？　……離婚でしょうか？」

　俯いてじっと自分の手を見つめている彼女の頬を両手で掴んで目を合わせると、はっきりと告げた。

「そんなことで離婚はしない。とりあえず無事でよかった」

「もう二度と合コンには行きません。忘年会にも参加しません。本当にごめんなさい。このバカって罵ってください」

　彼女の言い方がかわいくてついクスッと笑ってしまう。

「別に忘年会には参加してもいいし、罵りもしない。その代わり、今日は買い物に付き合ってもらう」

「買い物？　なにを買うんですか？」

　首を傾げて聞き返す彼女に、ニコッと微笑んだ。

「結婚指輪だ」

　ないと変な虫がつくからな。

「え？　結婚指輪って必要ですか？」

　指輪にあまり興味がないのか俺に聞き返してくる彼女に、もっともらしい理由をつけて説得する。

「結婚指輪をしてれば合コンにも誘われなくなるだろ？」

「ああ。確かにそうですね。あの……私の思い違いだったらすみません。柊吾さん、ひょっとして……、ああ～やっぱり聞けない」

急に顔を真っ赤にして首をブンブン左右に振っている彼女を、真顔でジーッと見据えた。

「途中まで言ってやめられると気になるんだが」

「多分……夢とごっちゃになってるんだと思うんですけど……」と、莉乃が俺から目を逸らしながら前置きした。

「それで？」

再度莉乃の頬を両手で挟んで先を促すが、彼女はまだためらっている。

「いえ……やっぱり言えません。柊吾さんに呆れられる」

「莉乃、呆れないから言ってみろ」

笑顔で迫れば、彼女は観念してビクビクしながら続ける。

「昨夜……私にキスしませんでしたよね？　……あっ、忘れてください。やっぱり私の気のせいというか、夢でも見てたんです」

気まずいのか彼女の目が泳いでいる。ギャーと心の中で叫んでいそうだ。

かわいくて……構わずにはいられない。

「夢と思われては困るな」

フッと笑って彼女の顎を掴んで顔を近づける。

「え？」

目を大きく見開く莉乃の唇に自分の唇を重ねた。

彼女は仮初の妻。

理性ではダメだと警告しているのに、止められないこの衝動。

俺のキスをなかったことにはさせたくなかった。

優しく唇を触れ合わせると、莉乃の下唇を甘噛みする。

彼女が忘れないよう、記憶にも身体にも刻みつけるようにゆっくりと――。

「思い出したか？」

莉乃の唇を親指の腹で触れながら問えば、彼女はこれでもかっていうくらい目を大きく見開いて固まった。

「しゅ、柊吾……さん？」

のまま唇を奪われた。

斗真さまの抱き枕と柊吾さんの腕枕、どっちを取る？


「夢と思われては困るな」

柊吾さんの目がキラリと妖しく光る。

その言葉の意味がわからず、「え？」と声をあげたら、彼の顔が近づいてきて、そのまま唇を奪われた。

柔らかいその感触には覚えがある。

あのキスは私の妄想でも夢でもなく、現実だったんだ。

それにしても、まだお酒に酔っているかのように気持ちよく感じる。

私の下唇を弄ぶように甘噛みして彼はキスを終わらせると、じっと見据えてきた。

「思い出したか？」

私の唇に指で触れながら尋ねる彼の声で急に現実に戻る。

柊吾さんにキスされた。

「しゅ、柊吾……さん？」

驚いてしまって、まず思考が停止。それからやっぱりこれは夢では……と思い直した。

だって……彼は私に興味はないはず。キスなんてするわけない。

頭の中でそう否定し続けるが、彼のキスの感触が残っていて混乱する。

「まだ思い出さないか？」

黙り込む私に再び柊吾さんが顔を近づけてきたので、彼の唇に手を押し当てて慌てて止めた。

「ま、待ってください！　思い出しました」

柊吾さん、なんだかムキになってない？　いつもからかってくるのに、今はなんだか様子が違う。

心臓がとてつもなく速く脈打っていて、身体中の細胞が暴れているような感じがする。

「それは残念だな。もう一度キスしようかと思ったのに」

真剣な眼差しでそんな言葉を口にする彼がなにを考えているのかわからなくて、動揺しながらドンと彼の胸板を叩いた。

「もうやめてください。心臓発作になりそうです！」

「俺のキスに応えてなかったか？」

彼の指摘に、思わず言葉に詰まる。

「うっ……それは。……だいたいどうして昨日キスなんかしたんですか？」

肯定も否定もできなくて話を変えると、彼は何食わぬ顔で返した。

「莉乃の夫だと証明する必要があったからだ。俺の妻だと主張しても、一緒にいた男に信じてもらえなかったんだよ」

その理由を聞いても納得できなかった。

「……状況がよくわからないのですが、警察手帳を見せれば、相手は引いたのでは？」

水戸黄門《みとこうもん》の印籠《いんろう》じゃないけど、みんなおおっ！となると思う。そんな無敵なアイテムがあるのにどうしてキスなんか……。

「なんというか、その手は使いたくなかったんだ。警察手帳を見せても莉乃の夫という証明にはならないからな」

ああ。婚姻届を持ってるわけじゃないし、結婚指輪だってしていない。

だから、キスで親密さを見せつけたわけ……か。

ファーストキスだったんだけどな。夫婦の証明のためにキスされたなんて、なんだかショック。

初めてのキスは愛する人と綺麗な夜景を見ながらとか夢見ていたのだが、柊吾さんを責めるわけにはいかない。そもそも私が合コンに参加しなければ、彼に面倒をかけることもなかったのだ。

「……なんかすみません。キスまでさせてしまって。だから結婚指輪が必要なんですね」

少し落ち込みながら謝ったら、彼が探るようにジーッと私を見つめてきた。

「ひょっとしてファーストキスだったか?」

まったく、夫が警視正というのも問題だ。鋭すぎる。

「まあ……そうでしたが、いいんです。もう二十七なのにファーストキスで騒ぐのもおかしいですし……」

セカンドキスだって、たった今あなたに奪われました。

彼から視線を逸らして言い訳するが、どうしても恨みがましい口調になってしまう。

「悪かったな。次はもっとロマンチックなシチュエーションを考える」

柊吾さんがそんな優しい言葉をかけてきたから、つい流されそうになった。

「ありがとうございます……って、違うでしょう? 次なんてないですよ。お子さまの私にキスしてどうするんですか?」

柊吾さんに視線を戻してつっこんだら、彼が悩ましげな表情をする。

「どうするんだろうな？　俺もわからない。だが、莉乃にキスするのは嫌じゃない」

「へ？」

意味がわからなくてフリーズする私の左手を彼が掴み、手首に口づける。

それは普通のキスではなく、少しチクッとして彼の唇が離れると、手首に赤い痕がついた。

「先にシャワー浴びてくる」

呆然とする私にそう告げると、彼はどこか謎めいた微笑を浮かべ寝室を出ていく。

いろいろ刺激が強すぎてしばらく動けなかったけれど、ふと柊吾さんが私の手首につけた鬱血痕《うっけつこん》が目に入った。

「これって……キスマーク？」

キスマークなんて私の妄想の中でしか存在しないかと思ってた。

手首だけじゃない。唇にもキスされた。

自分の唇に指でそっと触れる。

ふわふわした不思議な感触だったな。柊吾さんの唇……すごく気持ちよかった……って、なにを思い出してるの！

リアルな夢でも見てるような気がするけど、これは現実。

結婚しているのにキスであたふたするのもおかしな話だけど、今まで男性経験皆無だったのだから仕方がない。

　しかも相手は斗真さまに激似の柊吾さんだ。

　怖くはなかった。ビックリしたっていうのもあるけど、奪うというよりはなにかを与えるような優しいキスだった……って、いやいや、彼は経験豊富そうに見えるから、単にテクニックがすごくてそう思ってしまっただけかも。

　きっと私の反応がおもしろくておもちゃにされたのよ。

「……乃、莉乃」

　柊吾さんの声がしたかと思ったら、彼の顔が目の前にあって、思わず「わっ！」と叫んで大きく仰《の》け反《ぞ》った。

「まだフリーズしてるのか？」

　ジッと見つめてくる彼から少しずつ視線を逸らす。

「いえ……あの……その……」

　柊吾さんのキスのことを考えていたなんて言えない。

　どう答えていいか悩んでいたら、彼が私の頭をクシュッとした。

「シャワー浴びてくるといい。朝食は俺が用意しておく」

「え？　それは悪い……！」

「酒の匂いがする。俺が身体洗った方がいいか？」

彼が私の首筋に顔を近づけてクンと匂いを嗅いできたので、慌てて彼の胸に手を当てて離れた。

「わー、結構です！　自分でやります！」

柊吾さんから逃れて寝室を出ると、バスルームに駆け込み、ドアにもたれながらハーッと息を吐いた。

もう本当に心臓に悪い。

からかわれてると頭ではわかっているのに、ドキドキせずにはいられない。

少し息を整えた後、服を一枚一枚脱いでいく。

柊吾さんが言ってたようにお酒くさくて、そんな状態で彼とキスしたのかと思うとすごく恥ずかしかった。

もう絶対に外ではお酒を飲まない。

そう決意してシャワーを浴びるが、慌てていて着替えを忘れたことに気づいた。

「……どうしよう。酒くさい服をまた着るのは嫌。かといって、バスタオル一枚で寝室に戻るのはちょっと……」

柊吾さんにその姿を見られる可能性がある。

でも、ちょっと待って。柊吾さん、朝食を用意するって言ってた。だったら会わないよね？　さっと寝室に戻って着替えればいい。

バスタオルを身体に巻きつけて急いでバスルームを出たら、廊下でドンとなにかにぶつかった。

「莉乃？」

柊吾さんの声を聞いて一気に血の気が引く。

しゅ、柊吾さん！

恐る恐る上に目を向けると、彼が少し驚いた顔で私に目を向けている。

バスタオルを巻いた姿で柊吾さんに抱き留められて、胸がバクバクした。

マズい。脚の傷跡を見られちゃう！

「ご、ごめんなさい。今離れますから」

気が動転しながら彼の胸に手を当てて離れようとしたその時、足が滑った。

「ギャッ！」

「莉乃！」

床に倒れそうな私を、彼がとっさに抱き留める。

だが、それで安心はできなかった。

床にバスタオルが落ちているのが目に映り、パニックになってあたふたする。

……私のバスタオル。ってことは私……は、裸～！　どうしよう～。

タオル拾わなきゃ。でも、動いたら確実に柊吾さんに裸も脚の傷跡も見られてしまう。いや、すでに傷跡は見られているかも……。

なにもできず固まっていたら、柊吾さんに優しく声をかけられた。

「莉乃、落ち着け」

「……こ、この状況で落ち着けるわけないじゃないですか！」

半泣きになりながら言い返したら、彼が私の頭を撫でながら耳元で囁く。

「莉乃、大丈夫だ。俺は目を閉じるから」

どうやら柊吾さんは私の気持ちを察してくれたらしい。

少し震えながら彼に目を向けると、その言葉通り目を閉じている。

屈んで床に落ちたバスタオルを拾い上げ、身体に巻きつけようとするが、あまりに動揺してまた落としてしまった。

「あ～、もう……！」

自分に苛立っていたら、柊吾さんの溜め息が聞こえて、彼が目を開けた。

「動揺しすぎだ」

やれやれといった様子で言って、柊吾さんはタオルを拾い上げると、私の身体を素早く包んだ。

しっかり全部見られてしまい、ショックで声が出ない。

きっと醜い身体だと思っただろうな。私のせいで彼を不快にさせてしまったかも。

「……ごめんなさい。ごめんなさい」

申し訳ない気持ちでいっぱいで、涙がポタポタと溢れてくる。

泣きながら謝る私に、柊吾さんが温かい目で問う。

「どうして泣く？」

「変なもの……見せて……すみません」

もうこの場から消えたい。

「変なものじゃない。綺麗だったよ」

気休めの言葉をかけられて、思わずカッとなって言い返した。

「そんなわけない！」

脚の傷跡だってあるし、ガリガリでカカシみたいって自分でも思う。

「嘘は言ってない。願わくばもっと見たいって思ってる」

「柊吾さん！　慰めはいいです。私の脚を見た人はみんな顔を歪めるんです」

研修医の和也だって、自分を責めているのか苦しそうな顔をするのだ。

「じゃあ、俺は今どんな顔してる？」

柊吾さんに聞かれ、恐る恐る彼を見た。

とても甘い笑みを浮かべている。可哀想とか、気持ち悪いとか思っている表情ではない。私の家族でさえ悲痛な顔をしていたのに、彼は違う。

「ずっと言いたかった。俺の前で脚を隠す必要はない。夫婦なんだから」

彼のその言葉はまるで魔法のように私の卑屈な心を温かくする。

本当はずっと待っていたのかもしれない。

彼のように私の脚の傷跡を見ても変わらない態度でいてくれる人を――。

「柊吾さ……ん」

「俺に襲われたくなかったら、さっさと服を着ろ」

「は、はい」

私が柊吾さんの目を見て返事をすると、彼は私の頭をポンと叩いて玄関へ向かう。

シャワーを浴びていて気づかなかったけど、誰か来たのかな？　それともなにか荷物が届いた……？　って、私も早く服を着なきゃ。

寝室で着替えてからキッチンに移動してドアを開けると、甘い匂いがした。

「わあ、フレンチトースト」

テーブルに並んだ料理に目を輝かせる私を見て、彼がクスッと笑う。

「俺も作ってみようと思って、昨日下準備しておいたんだ」

もう匂いからして私が作ったのとは違う。

「美味しそう。柊吾さんて料理するんですね。久世家の人なので、料理なんてしないのかと思ってました」

「祖母が料理が好きだから、昔手伝っていた」

「そうなんですね。今度柊吾さんに料理教えてもらおうかな」

フフッと笑ったら、彼がホッとした顔をする。

「俺はスパルタだが、それでもいいのか？」

「望むところです」

柊吾さんと目を合わせて微笑みを交わすと、「さあ、食べてしまおう」と彼に言われて席に着いた。

「はい、いただきます」

早速フレンチトーストをいただく。外はカリッとしてるし、甘さも絶妙で美味しい。

「私好み」

頬に手を当てニンマリしたら、彼が優しい目で見つめていてドキッとした。

「莉乃を餌付《えづ》けするのは簡単だな」

「うっ、動物扱いですか？」

文句を言ってごまかしたけど、内心ドキドキして彼の顔を直視できない。

考えてみたら裸を見られたのよね……。

でも、柊吾さんはありのままの私を受け入れてくれた。だから、見られたのはかえってよかったのかも。私はいつも、どこか人に対して壁を作っていたから。

彼も最初に会った時よりも、今の意地悪な方がより身近に感じる。

「そうだな。世話の焼けるペットを飼ってる気分だ」

柊吾さんが楽しげに私を弄ってきて、抗議した。

「もう柊吾さん、一応妻ですよ！」

「一応……ね。その認識がいけないのかもしれないな」

急に彼が真面目な顔で呟いたので、首を傾げた。

「どうしたんですか？」

「やっぱり結婚指輪は必要だって再認識したところだ」

柊吾さんの返答を聞いてもイマイチよくわからない。そんなに指輪が重要なのだろうか。

「はあ、そうですか」

とりあえず相槌を打って、フレンチトーストを堪能することに集中する。

ああ、目の前には美形の旦那さまがいて、美味しい朝食を作ってもらって……なんて素敵な朝なんだろう。

彼と図書館での仕事のことを話しながら朝食を終わらせると、銀座へ向かう。

好きなブランドを聞かれたが、こだわりはないので、いくつかのブランド店を彼と回った。

どれも素敵だったけど、三軒目のお店の指輪が目を引いて、ショーケースから出してもらった。奥の席に案内されて、試しにつけてみる。

光沢のあるプラチナのリングに小さなダイヤがいくつも埋め込まれていて、素敵なデザイン。

「どうだ？」

柊吾さんに感想を聞かれ、指輪に関心などなかったのに思わず顔がニヤけた。

「なんだか若奥さまって感じですね」

私も女ってことかな。キラキラした指輪を見ていると、テンションが上がる。

だけど、値段を見て若干引いた。

私の一カ月のお給料を出しても、とてもじゃないけど買えない。ブランドのことはよくわからないが、とんでもない高級店に来てしまったようだ。

「サイズもちょうどいいな。気に入ったならこれにしよう」

柊吾さんが少しのためらいもなく即決してしまうので慌てた。

「ちょっと待ってください。柊吾さん……私には贅沢《ぜいたく》すぎるかも」

そもそも私たちは契約結婚。ほとぼりが冷めたら離婚すると柊吾さんから言われているし、彼に本当に好きな人ができたら、一年後には別れているかもしれない。

「やっぱり指輪は……!」

必要ないと言おうとして、彼に遮られた。

「俺の妻なんだろ？　もう昨夜のようなことは御免だ」

合コンの件を持ち出され、反論できなくなる。

「……すみません」

しゅんとなって謝る私に、彼がさらに笑顔で圧をかける。

「俺の心の平安のためだ。これでいいな？」

それは確認というよりは命令に近かったかもしれない。

「……はい」

もう頷くしかなかった。

それから私たちがコーヒーをいただいている間に、併設の工房で刻印が入れられ、その日のうちに指輪を入手。

だが、これはこのお店が久世家御用達だったからで、通常の納期は二週間後らしい。

「これで一応妻とか言えなくなるな」

指輪を柊吾さんにつけてもらい、自分の手をまじまじと見つめる。

「どうしよう。しばらく自分の手ばかり見て、仕事にならないかもしれません」

柊吾さんの奥さんなんだって実感が湧いてくる。

「傷がつかないようにケースを持ち歩かないと」

大事にしたくてそんな発言をしたら、柊吾さんが怪訝な顔をした。

「どうしてケースが必要なんだ？」

「だって家事とかしてたら傷がつくじゃないですか？　一度ケースに入れてから料理とか、本棚の整理とかしようかと」

私の返答を聞いて、柊吾さんがツッコミを入れる。

「いちいち外してたら結婚指輪の意味がないだろ？」

「でも、こんなピカピカなのに傷がついたらショックですよ」

「傷がつくからこそ年輪みたいでいいんじゃないか」

甘い顔で彼に言われて、気づいた。

二重の意味で言ってる？　指輪だけじゃなくて、私の脚の怪我のことも……。

そんな風に言われたのは初めてかも。

「柊吾さん……」

彼の言葉が胸にジーンときた。

意地悪なのに、こういうところは優しいからなんだか調子が狂う。

店を出ると、柊吾さんが腕時計をチラッと見て、私に目を向けた。

「どこかで美味しい昼食でも食べよう。寿司でいいか？」

銀座でお寿司って、すごく高いのでは？

「お寿司は好きですけど、持ち合わせが……」

少し考えてそう回答したら、彼がハーッと軽く溜め息をついた。

「まだそんな心配してるのか？　俺の妻だという自覚が足りないな」

「……すみません。つい癖で」

そんな会話をしながら歩いていたら、「櫻井さん？」と男性に声をかけられた。

どこかで聞き覚えのある声。誰だっけ？

声の主に目をやると、それは先日図書館で会った不破さんだった。

一度会っただけなのに、名前まで覚えてくれていて嬉しい。

「あら、不破さん、こんにちは。お買い物ですか？」

笑顔で挨拶すると、不破さんは柊吾さんにチラッと目を向けた。

「ええ。ちょっと映画を観に行くところです。そちらは？」

彼の質問にすぐに答えられなかった。

夫と言うのは恥ずかしい。でも、私の旦那さまって言うのは、なんというか自慢しているように感じる。なんて紹介しよう……。

「あの……彼は……！」

迷いながらいい呼び方を探していると、横から柊吾さんが答えた。

「夫ですが、あなたは妻とどういった？」

顔はにこやかだが、その眼光が鋭いと感じるのは気のせいだろうか？

「あの、彼は不破さんといって、私が勤務している図書館に来ている学生さんです。先日パソコンを直してくれてすごく助かったんですよ」

不破さんが言う前に柊吾さんに伝えると、彼は不破さんに隙のない完璧な笑顔を向ける。

「妻がお世話になっています」

「いえ、こちらこそ。では、これで」

不破さんは時間がないのか、柊吾さんに軽く会釈してニコッとすると、すぐにこの場を去る。柊吾さんはそんな彼の後ろ姿をじっと見ながら私に早速注意した。

「なぜ『夫』と言うのに躊躇する？」

「それはですね。まだ言うのが恥ずかしいというか……。自慢しているように思われないかなって……」

焦りながら言い訳する私を彼は呆れ顔で見た。

「自慢もなにも事実じゃないか」

柊吾さんにツンと指で額を突かれて、ハハッと苦笑いする。

「そうなんですけど、慣れが必要です。だってまだ結婚して一週間ですもん。名前だって、意識してないと櫻井莉乃って書いちゃいますし」

「一日百回、久世莉乃って書く練習したらどうだ？」

子供の漢字の練習みたいで、彼の提案に賛同できなかった。

「本気で言ってます？」

冗談かと思ったが、彼はなにか考えるような表情をして私に返した。

「半分本気だ。周りには既婚者だと知られていた方がいい。さっきの彼だって、莉乃に気があるのか、恋敵みたいに俺のことをじっと見てたじゃないか」

不破さんが？　いやいや、それは柊吾さんの勘違いだ。

「絶対に違います。それはきっと柊吾さんに見惚れてたんですよ。彼も斗真さま推しですから」

私の話を聞いて、彼が顔をしかめ、ボソッと呟いた。

「俺に見惚れ……？　全然嬉しくない」

なんだか複雑な表情をしている柊吾さんがおもしろい。彼くらい美形なら男女問わずモテそう。

「人から愛されるって幸せなことですよ。さあ、お寿司食べに行きましょう」

ポンポンと柊吾さんの背中を叩いて先に歩き出すが、数歩で追いついた彼に聞かれた。

「寿司屋の場所知ってるのか？」

「あっ。……知らないです。先歩いてください」

手を差し出してそう促したら、彼が私の手をしっかりと握ってきた。

「こうして歩かないと迷子になりそうだからな。それに、莉乃は顔がかわいいからナンパされるかもしれない」

か、かわいい⁉

彼の口からとんでもない言葉が出てきてすごく狼狽えた。

「かわいいって、なに言ってるんですか！　ナンパなんてされませんよ」

柊吾さんはスーッと目を細め、私を懲《こ》らしめるかのように合コンの件を持ち出してくる。

「無自覚すぎるのも問題だな。俺は昨夜の一件で莉乃が危なっかしいっていうのがよーくわかったが」

怒っているかと思ったけれど、『よーく』を強調する柊吾さんの目が笑っていて、こちらもつられてフフッと噴き出してしまった。

その後も彼にからかわれながら寿司屋で食事をしてマンションに帰ってきた。

玄関を上がると、彼が思い出したように言う。

「あっ、そういえば今日莉乃の実家から荷物が届いていたな」

柊吾さんと共にリビングに行くと、部屋の隅に大きな段ボール箱が置かれていた。

「斗真さまの枕だ！」

思わず声をあげ、ルンルン気分で箱を開ける。

「あ〜、斗真さま、一週間ぶりですね」

箱から枕を取り出し、愛しの恋人に会ったかのようにギュッと抱きしめた。

うん、うん、この感触よ。

枕に頬ずりする私を見て、柊吾さんがわざと拗ねてみせる。

「結婚指輪を選んだ時よりも嬉しそうだな」

「私が実家で愛用していた枕です。一日の疲れもこの斗真さま枕が癒やしてくれたんですよ。今日からは柊吾さんの安眠を邪魔しませんから、ご安心を」

自信満々に言って、早速抱き枕を寝室のベッドに置く。

夜になって、斗真さま枕を抱いて横になるが、なんだか落ち着かない。

これですやすや眠れるはずだったのに、なんで？

モコモコのルームウェアをやめて、パジャマにしたせい？

柊吾さんが私の脚の傷跡のことを気にしないようだから、思い切って柊吾さんとお揃いのネイビーブルーのシルクのパジャマにしてみたのだけれど、いつものルームウェアと比べると生地が薄くてドキドキする。

私がパジャマにしたところで、柊吾さんは特になにも思わないし、別に裸というわけでもないのに。

あ〜、私が彼を意識しすぎなのかな？

何度も体勢を変えて、抱き枕に顔をうずめる。

「どうして眠れないの？　この家に引っ越した時みたい」

いつもなら秒で寝たのにどうしたというのか。斗真さま枕は私の最強の睡眠アイテムだったはず。なぜ？

ひとり「う〜ん」と唸《うな》っていたら、書斎で仕事をしていた柊吾さんが寝室に現れた。

「まだ起きてたのか？　斗真さまの抱き枕があれば寝れると豪語していたのは誰だっけ？」

ベッドに入りながらそう言って彼はクスッと笑う。

「そのはずだったんですけど……眠れないんです。どうしてでしょうね？」

会話の流れで聞いてみたら、彼が意地悪く目を光らせた。

「斗真さまに飽きたとか？」

「そんなわけありません。私は浮気なんてしません。斗真さま一筋です」

即座に否定すると、彼がじっとりと見てくるけれど、その目は笑っている。

私がパジャマにしたことには言及はしてこない。それは彼なりの優しさなのかも。

「夫の俺を前にしてよく堂々と言えるな」

「だって推しの話ですよ。現実の世界の話じゃないんですよ……あっ」

斗真さまさえいれば、恋人なんていなくていい……っていつも言ってたのにな。

もう斗真さまはアニメの世界の人って今の私は線引きしている。

考えてみたら、結婚してからは忙しいのもあったけど、斗真さまのアニメを全然見ていない。

飽きるまではいっていないが、前のように夢中じゃないから斗真さまの抱き枕があっても眠れないの？

「なに？　どうした？」

私の顔を覗き込んで怪訝な顔をする彼に、ハハッと笑いながら答えた。

「なんでもないです。斗真さまを抱く気合が足りなかったのかも」

そうよ。きっと枕の問題なのではなく、私の問題なのだ。

私の分析を聞いて、彼が無表情でつっこむ。

「寝るのに気合が必要か？」

「やっぱり強い愛を持って抱かないと」

斗真さま枕をギュッと抱いて訴えるが、彼の反応は薄かった。

「まあ、頑張れ。おやすみ」

あまり気持ちのこもっていないエールを送って私の頭をポンと叩くと、彼は布団を被って先に寝始める。

「おやすみなさい」

囁くような声で返して、私も斗真さま枕を抱いて目を閉じた。

しばらくじっとしていたが、やはり眠りは訪れない。

柊吾さんの方を向くと、微かに彼の寝息が聞こえた。

完璧なまでに整ったその彫刻のような顔。

黙っていれば斗真さま……って思ってたけど、今は柊吾さんにしか見えない。

結婚したその日に彼の素を知って、全然斗真さまに似ていないと幻滅したせいもあるかもしれない。その幻滅がかえってよかったのだろうか？

柊吾さんへの反抗心から同じベッドで寝ても緊張しなくなったし、それが日常になった。

不思議だ。絶対に男性と同じ寝室なんて無理だと思っていたのに……。

そっと柊吾さんの乱れた髪を直したら、今日彼が買ってくれた左手の結婚指輪が目に映った。
キラリと光るダイヤがとても綺麗だ。
本当に結婚したんだ。ようやく実感が湧いてきたように思う。
再び柊吾さんに視線を戻し、彼の顔をじっと眺めた。
「私の旦那さま……か」
うん。彼は久世柊吾で、私は久世莉乃。
認識したというか、少しずつ馴染んできたかも……。
フフッと微笑んでゆっくり目を閉じる。
もう結婚への不安は感じなかった。

旦那さまがまたお怒りです

「う……ん？」

パチッと目を開けると、柊吾さんの顔が目の前にあって、彼に守られるように抱き合っている。

長いまつ毛、高い鼻筋、形のいい唇……。まるで絵に描いたような整ったその顔。

ハッと息を呑んで驚くと同時に見入ってしまうが、すぐに落ち込んだ。

柊吾さんと一緒に住むようになってから毎朝彼と密着状態。

昨日、斗真さまの抱き枕が届いて回避できるかと思っていたのに、変わらなかった。

斗真さまの抱き枕はどこ？

視線を彷徨《さまよ》わせて探したら、ベッドの下に落ちていて、自分でもその雑な扱いに呆れた。

最強アイテムだったはずなのに……。

それに、また柊吾さんに迷惑をかけちゃった。あ〜、もう〜。

「私のバカ！」

思わず声を出してしまって、慌てて手を口に当てる。

すると、柊吾さんが目を開けた。

私と目が合うなりフッと笑って、「なにが『私のバカ!』なんだ?」と尋ねる。

彼は寝ぼけたりしないのだろうか。それに、どうして朝からお色気フェロモンムンムンなの?

柊吾さんに見つめられるだけで顔の熱が上がる。

「今度こそ柊吾さんに迷惑はかけないって思ったのに、また抱きついちゃって……。ごめんなさい」

しゅんとしながら謝る私を彼は楽しげに眺めると、ベッドの周辺を見回した。

「肝心の抱き枕はどこに行った?」

「……床に落ちてます」

面目なくて伏し目がちに返したら、彼がからかってきた。

「強い愛はどうなったんだろうな?」

「……ハハッ、どうなったんでしょうね。ところで柊吾さん、ちゃんと眠れてます?」

ごまかして話を変えると、彼はゆっくりと起き上がりながら私の質問に答えた。

「大丈夫。よく眠れてる」

「本当に？　嘘じゃないですか？」

私も起き上がって柊吾さんの腕をガシッと掴んで顔をじっと見つめたら、彼がクスッと笑った。

「隈《くま》とかできてないだろ？」

確かに肌の艶もよく、隈はない。とてもすっきりした顔をしている。

「はい。もう羨《うらや》ましいくらい綺麗です。女装しても美人だろうなって」

口紅を塗るだけでも絶世の美女になりそう。

うっとりしながら見ていたら、彼が眉間にシワを寄せて文句を言った。

「その妄想はやめろ。ところで、こんなにまったりしてていいのか？　莉乃は今日は仕事だろ？」

「あっ、そうでした！」

日曜日だが、今週は出勤日。うちの図書館は土日祝日も開いている。

慌ててベッドを抜け出し、バスルームに行って身支度を整えた。

服を着替えてキッチンに移動すると、昨日柊吾さんに教えてもらったフレンチトーストを作る。卵液に浸して冷蔵庫に入れるところまで彼に見てもらったので、あとはフライパンで焼くだけだ。

火加減に注意して、火元から離れない。

彼の注意事項を思い出しながら焼いていたら、うまくできた。

「今日こそ上手にできた。こんがりきつね色」

皿に移して粉砂糖をかけ、ひとりニンマリする。

テーブルに並べていたら、柊吾さんがやってきた。

日曜日なのにスーツを着ているのを見て、おやっと思う。

「どこか行かれるんですか？」

「仕事の呼び出しだ」

柊吾さんはジャケットを椅子の背にかけて席に着くと、私が作ったフレンチトーストを見て微笑んだ。

「今日はうまくできたじゃないか」

彼が褒めてくれたのが嬉しくて、思わず笑顔になる。

「柊吾さんが昨日下準備を手伝ってくれましたから。殻も入ってないですよ」

「火傷しなかったか？」

「大丈夫です。たまには火傷しない日を作らないと」

「いや、普通に火傷してちゃダメだろ」

「ハハッ、そうですね。で、味はどうですか？　美味しいですか？」

私が作るとまたなにか粗相をしそうで、不安で彼に聞いてしまう。

これで失敗だったら救いようがないかも。

「美味しいよ」

生まれて初めて美味しいって言われた。極上の笑顔を見せる彼が目に眩しい。

「柊吾さん、もう一回言ってください」

感動の余韻に浸りたくて彼にお願いする。

「ん？　美味しいよ」

なんだ？という顔をしつつも、彼は私の要望に応える。

「ああ～、嬉しい。もう死んでも本望です」

「……料理を褒めて死なれても困るんだが」

そんなやり取りをしながら朝食を食べて、一緒にマンションを出る。

彼は車通勤のため、エレベーターで別れて別行動。

いつものように最寄駅に向かって歩いていたら、車のクラクションが鳴った。

振り返ると有名ドイツ車の白いセダンに乗った柊吾さんが、私を見て眉間にシワを寄せている。

なにか私に伝え忘れたことでもあるのかな？

「こら、どうして徒歩なんだ？　タクシーを使うように言ったはずだが」

車の窓から柊吾さんが顔を出して、私をギロッと睨む。

うわっ、怖い。でも、怒った顔も素敵！

「それはですね、タクシーを使うのがもったいなくて。歩くのもそんな苦じゃないですし」

「お金の心配なんてしなくていい。俺の仕事や家のこともあるからタクシーを使うように言ったんだ。莉乃に危険が及ぶ可能性もあるから」

私が怖がると思って言わなかったのだろう。

「……ごめんなさい」

「乗れ。送っていくから」

謝る私を見て、彼は抑揚のない声で命じるが、怒りを抑えているように見えた。

ああ〜、またやらかしてしまった。きっと呆れてる。

「いえ、柊吾さんだってお仕事が」

躊躇する私に、彼がぴしゃりと言う。

「莉乃を送るくらいの時間はある」

イエス以外の返事は認めないといった厳しい口調。

「はい」

大人しく助手席に座り、シートベルトをつけると、彼が車を発進させた。

その横顔は少し険しくて、声をかけづらい雰囲気。

ずっと黙っていたら、柊吾さんが私の頭にポンと手を置いて、「キツく言ってごめん」と謝ってきた。

「いえ……。私の認識が足りませんでした」

柊吾さんは久世家の人間で、仕事は警察官。おまけにテロ対策の責任者。危険が常につきまとう。

「認識が足りないのは当然だ。俺が結婚を急いだからな。ごめん」

柊吾さんがもう一度謝って、今度は私の頭をクシュッと撫でる。

「私こそごめんなさい」

警察官の妻だって、あまり自覚してなかったもの。彼の嫁として失格だ。

「これから気をつけてくれればいい。お昼はいつもなにを食べているんだ？」

柊吾さんが優しい口調で聞いてきたので、少しホッとしながら答える。

「図書館内にあるカフェでパスタとか、コンビニでサンドイッチとか買って食べてますよ。そういう柊吾さんは？」

「俺は付き合いで外で食べるのが多いかな。仕事の対応に追われ、そのまま食べずに夜になるってパターンもあるけど」

なんだか柊吾さんらしい。自分のことは後回しで仕事をしてそう。帰ってきてからも書斎にこもっていることが多いし、夜寝るのも真夜中の二時過ぎになったりする。

「お昼の時間が取れないんですね。でも、時間見つけてちゃんと食べてください。柊吾さんのお仕事は体力勝負ですから」

普段から鍛えているだろうけど、いつか倒れてしまうんじゃないかって心配だ。

真剣にお願いする私の頭を彼がポンポンと軽く叩く。

「デスクワークが多いから大丈夫だ」

優しい声音。私が心配しているのが伝わったかな。彼には自分の身体を大事にしてほしい。

そんな話をしているうちに図書館に着いた。

思ったより早く着いてしまって残念。柊吾さんともっと話していたかったな。

少し寂しい気持ちでゆっくりシートベルトを外す私を見て、彼が怪訝な顔をする。

「どうした？」

いけない。彼だって仕事があるのだから早く降りなきゃ。

「な、なんでもないです。じゃあ、柊吾さん、お仕事頑張ってください……あっ！」

急に彼に抱き寄せられ、ドキッとした。

「しゅ……柊吾さん、どうしました？」

動揺しながら尋ねると、彼が私の耳元で楽しげに言う。

「新婚夫婦らしいことをしてる」

突然抱きしめられてどうしていいかわからず対応に困った。

「ちょっ……私で遊ばないでください。柊吾さん……誰かに見られますよ」

勤務先が目の前で同僚が通るかもしれない。

ハラハラしながら柊吾さんに言うが、彼は抱擁を緩めなかった。

「俺としてはその方が都合がいい。俺の嫁だってアピールできるから。それにしても、莉乃は華奢だな。強く抱きしめたら折れそうだ」

「うっ、貧相な身体ですみません」

「なにを謝ってる？　綺麗な身体だって昨日言っただろ？」

彼の言葉を聞いて自分の失態を思い出し、青ざめる。

「わー、昨日のは忘れてください。もう闇に葬って！　お願い！」

「そんなもったいないことはしない。莉乃、顔真っ赤。しっかり仕事しろよ」

柊吾さんが私の髪にチュッとキスをして抱擁を解くと、私も慌てて「行ってきます」と返して車を降りた。

彼が私に向かって軽く手を上げ、車を発進させる。

火照《ほて》った頬に手を当て、「もう柊吾さん、からかわないでくださいよ」と文句を言いながら彼の車を見送った。

まだ彼の温もりが残っている。その温もりがなんだか愛おしく思えて、自分の肩を抱いた。

まるで守られているような……そんな感じがする。

でも、柊吾さん、スキンシップを増やしてませんか?

柊吾さん、嫌じゃない。すごく大事にされているみたい。また抱きしめてくれないかな……って、私なにを考えてるの!

自分を叱咤していたら、背後から誰かにポンと肩を叩かれた。

「おはよう、莉乃ちゃん。朝からラブラブでいいわね」

この声は……杏さん。

フフッとどこか不気味な笑みを浮かべる彼女に開口一番に謝る。

「杏さん！　金曜日はすみませんでした。あの、その……今のは……なんというか」

しどろもどろになる私を、彼女はおもしろそうに眺める。

「あんな美形な旦那さまを隠してたなんてね。なにしてる人？」

「警察官です」

簡潔に職業だけ答える。警視正だって言ったらますます騒がれるだろう。

「いつも守ってもらえそうね。金曜日の旦那さまも素敵だったわよ」

彼女が早速からかってきて、また頬が熱くなった。

「もう弄らないでくださいよ」

「弄らずにいられないわよ。後でじっくり話聞かせてもらうから」

絶対におもしろがっている。

「ハハハッ」

もう苦笑いしかできず、彼女が忘れてくれることを願った。

図書館でカウンター業務をしていると、華子さんがやってきて私に声をかける。

「莉乃ちゃん、久しぶりね」

藍《あい》色の布地に冬らしい雪の結晶の文様が入った着物を着た彼女は、とてもお洒落で素敵だ。

「華子さん、図書館にいらっしゃるなんて珍しいですね。そのお着物、とっても似合っています」

「ありがとう。莉乃ちゃん、忙しそうだから職場に来ちゃったわ」

なんだか嬉しそうにはしゃいでいる彼女がかわいく思える。

私も華子さんみたいな年の取り方をしたいな。

「ご挨拶に伺わなきゃって思ってたのにすみません」

柊吾さんと会ったその日に結婚を決めたかと思ったら、一週間後に入籍。バタバタしていて華子さんには、【柊吾さんと結婚しました】とメッセージを送っただけだった。

「いいのよ。あの子が結婚を急ぐものだから段取りがめちゃくちゃよね。本当にふたりが結婚してくれてよかったわ。ひと目惚れだって言ってたわよ」

華子さんの言葉を聞いてギョッとする。

柊吾さん、華子さんになにを言っているの～。

でも、そう言わないと、契約結婚だとバレてしまうからかもしれない。

「もう、華子さんまでからかわないでくださいよ。多分、私が危なっかしいから結婚してくれたのかもしれません」

自虐的に返せば、彼女は否定せず楽しげに微笑む。

「それはあるかもしれないわね。でも、それも莉乃ちゃんがかわいいからよ。それにしても、式は挙げなくていいの？」

華子さんが心配そうな顔をするので、明るく笑ってみせた。

「久世家の方で問題がなければ、挙げない方が私としては気が楽なんです。人に見られるのが苦手で」

「莉乃ちゃんのウエディングドレス姿、見たかったのに残念だわ。ハネムーンの予定だってないでしょう？」

「すみません。でも、柊吾さんのお仕事も忙しいですし、一緒にいられるだけで幸せなんですよ」

最初はこの結婚どうなるんだろうと不安だったけれど、意外にうまくいっていると思う。

「あーあ、もう莉乃ちゃんたら、本当に欲がないんだから。あの子もそんな莉乃ちゃんに惚れたのね」

惚れたという言葉を聞いて罪悪感を抱いた。

ああ、私はこんなに優しい華子さんを騙しているんだ。でも、ごめんなさい。私の口からは契約結婚だなんて言えません。

柊吾さんは華子さんを大事に思っているから、私は彼を信じたい。

華子さんを悲しませることはしないはずだ——と。

「そんなこと……」

曖昧に否定する私に優しく微笑しながら、彼女は持っていたバッグから封筒を取り出して私に手渡す。

「今日はね、莉乃ちゃんを聖地巡礼の旅に誘いに来たの。莉乃ちゃんのお休みに一緒に行きましょう」

「あっ……でも、柊吾さんを置いて遊びに行くのはなんだか申し訳なくて……」

躊躇する私に、華子さんがニコリと笑って言う。

「柊吾にはちゃんと許可を取ってるから。どうせあの子は警視庁でお仕事よ。柊吾にもどこか連れていってあげてと言われてるの」

「そうなんですね。でしたら、行きましょうか。聖地巡礼」

柊吾さんも推し活していいって言ってたものね。

ご厚意を無下にしたら、きっとがっかりするに違いない。

「どこに聖地巡礼に行かれるんですか？」

不意に聞き覚えのある声がしてハッとする。

声の方へ目を向けると、不破さんが笑顔で立っていた。

「あっ、不破さん、先日はどうも」

私が不破さんににこやかに挨拶すると、華子さんが彼をチラリと見た。

「この方は？」

「うちの図書館に来られる学生さんです。不破さんも『クールに事件を解決します』のファンなんですよ」

私の説明を聞いて華子さんが笑みを浮かべながら相槌を打つ。

「まあ、そうなの。聖地巡礼は今公開中の映画の舞台にもなっている福井《ふくい》の景勝地に行こうと思ってるの」

「ああ、あの断崖絶壁いいですよね。僕も先日行ってきたんですが、温泉もあってよかったですよ」

「そうそう。温泉も楽しみで。しかも、今はカニの季節よ」

初対面というのに、ふたりは聖地巡礼の話で盛り上がる。

「カニいいですね〜。北陸は海の幸が美味しいってよく聞きます」

　私もそんなコメントをしたら、不破さんが柊吾さんのことを尋ねた。

「旦那さまも一緒ですか？」

　まあ旦那さまなんて……照れる〜。

「あいにく仕事があるみたいで」

　はにかみながら返すと、彼は柊吾さんに興味を持ったのか、さらに質問してきた。

「お忙しいんですね。なんのお仕事を？」

「うちの孫は警視正をしているの。テロ対策の責任者なんてやってるものだから心配が尽きないわ」

　私が言う前に華子さんが答えるが、その顔はどこか悩ましげ。

　危険なお仕事だから心配が絶えないのだろう。

「旦那さまのおばあさまでしたか。警視正だなんて自慢のお孫さんですね。あっ、もうこんな時間。早くレポートを仕上げないと。聖地巡礼、楽しんできてください」

　不破さんはチラッと腕時計を見ると、私と華子さんに手を振って自習室の方へ歩いていく。

「優しそうな学生さんね」

　彼の後ろ姿を見ながらフフッと笑う華子さんの言葉に大きく頷いた。

「実際優しいですよ。あっ、もちろん柊吾さんも優しいです。昨日はフレンチトーストを作ってくれたんですよ。とても美味しかったです」

「あの子が料理をねえ。仲がよくて安心したわ。最初は見合いを逃れるために結婚したんじゃないかって疑ってたもの」

柊吾さん、さすが華子さんのことわかってらっしゃる。

「ハハハッ。急な結婚でしたものね。華子さんには感謝してるんです。柊吾さんに会わせてくれたから」

笑顔でお礼を言う私の手を、彼女が両手で強く握ってきた。

「あの子のことよろしく頼むわね。今までつらい思いをしてきたから」

「つらい思い……ですか？」

小首を傾げて聞き返すと、彼女は急に表情を変えて話を続ける。

「あの子、実は息子の愛人の子なのよ。柊吾の母親は息子に妊娠のことも告げずに姿を消して……息子が柊吾の存在を知った時には、もう母親は亡くなっていて、児童養護施設にいたの。私が会った時はすごく痩せていて……」

昔のことを思い出しながら語る彼女の目には、うっすら涙が浮かんでいた。

柊吾さんにそんな過去があったなんて、全然知らなかった。ずっと久世家で大切に育てられたのかと思ってた。でも、考えてみたら彼は自分の話をあまりしない。

「息子の家に引き取られてからは、息子の嫁の麗子《れいこ》さんが柊吾につらく当たって……食事も出してくれなかったことがあったみたいで、それで私が引き取って育てたのよ」

華子さんの話があまりにショックで胸が詰まった。

「そんな……ひどい……」

涙も出てきて視界がボヤける。

柊吾さん、どんなに苦しんで……。

「ああ～、泣かないで莉乃ちゃん。ビックリさせてごめんなさい。だけど、莉乃ちゃんには知っててほしかったの。あの子の奥さんだから」

華子さんがあたふたしながらハンカチを出して、私の涙を拭う。

「私こそすみません。取り乱してしまって。話していただいてよかったです」

「莉乃ちゃんは本当にいい子だわ。柊吾のそばにいてやってね」

「はい」

華子さんの目を見てゆっくりと頷いた。

永遠にではないかもしれないけれど、彼が私を必要とする限りそばにいます。

華子さんが帰った後はいつもの業務をこなしていくが、柊吾さんのことがずっと頭にあった。

仕事を終えて杏さんと一緒に図書館を出ると、出入り口のドアのところに和也がいて驚く。

「え？　和也、どうしたの？」

柊吾さんと入籍した後、彼からは【なにか嫌なことがあったら、ひとりで悩まず僕に相談してよ】というLINEが来た。ちょうど柊吾さんの本性を知って結婚を後悔していた時だったから、和也に愚痴ろうとも思ったけれど、結局【大丈夫。柊吾さんに大事にされてるよ】と無難な返事をしたのだった。

「元気でやってるのか様子を見に来たんだよ。LINEのやり取りだけじゃわからないからね。今日近くで学会があってさっき終わったんだ」

スーツ姿の和也は、普段着の時と違っていつもより大人に見えた。

ううん、もうとっくに大人になっていたんだよね。

「相変わらず過保護だなあ。ちゃんと元気でやってるよ」

和也とそんなやり取りをしていたら、杏さんに腕をツンツン指で突かれた。

「ねえねえ、誰？」

「え、あっ、幼馴染です」

杏さんにそう説明していると、医者になってからコミュ力を上げた和也がすかさずにっこりと笑って挨拶する。

「どうも。長谷川和也です。莉乃がいつもお世話になっています」

「あっ、ど、どうも。佐伯杏です」

杏さんが和也を見てポッと顔を赤くし、軽く会釈した。

「ちょっと、超イケメンじゃない？　今度じっくり紹介してね」

私に顔を寄せて声を潜め、杏さんは和也にニコッとして去っていく。

知り合いに和也を紹介すると、いつも似たような反応をされる。しかし、本人は慣れているのか、スルーだ。

「相変わらずモテるね」

苦笑いしながらそんなコメントをしたら、和也はとぼけた。

「なにが？　……ところで、目腫《は》れてない？」

和也がじっと私を見てきたので慌てた。

「こ、これはね、図書館に華子さんが来て、推しの話でうるうるきちゃって……。あっ、そうだ。今度、華子さんと聖地巡礼の旅に行くの」

バッグから今日華子さんにもらった封筒を出して、和也に見せる。

その封筒には福井の観光名所のパンフレットと新幹線のチケットなどが入っていた。

「旦那を置いて推し活ね。早速あいつに放置されてるの？」

和也が遠慮なしにズケズケ言ってきたけれど、何食わぬ顔で返す。

「違うわよ。柊吾さんは仕事が忙しいの」

「仕事と言いながらよそに愛人がいたりして」

柊吾さんを侮辱するような発言をする和也をじっと見据え、静かな声で告げた。

「彼はそんな人じゃない」

私の怒りが伝わったのか、彼は少し間を空けて謝る。

「……はいはい。ちょっと言いすぎたよ」

「柊吾さん、優しくていい人だよ」

私が言い張っても、和也は柊吾さんに対する見方を一向に変えない。

「エセ紳士の間違いなんじゃない？」

「かーずーやー」

じっとりと睨みつけると、和也はそんな私の手を掴んで歩き出した。

「お腹空いた。なにか食べに行こう」

「ちょっと……柊吾さんだって帰ってくるかもしれないし……」

日曜日だからすでに帰っているかもしれない。

「幼馴染と食事したくらいで怒るようなら、莉乃の夫に相応しくないよ」

和也が意地悪く言って、図書館近くのイタリアンの店に連れていく。

日曜日だからか店内はわりと混んでいた。入り口近くの席がちょうど空いて席に着くと、向かい側の席にいる和也が私にメニューを見せた。

「莉乃はなににする？」

和也に聞かれ、メニューには目を向けず、スマホを弄りながら素っ気なく答える。

「トマトスープパスタ」

もう和也は本当に強引なんだから。

幼馴染に心の中で文句を言いながらスマホに文字を打ち込む。

【柊吾さん、和也が図書館に来たので、一緒に食事をしてから帰ります】

送信ボタンをタッチしたら、和也が私のスマホを奪った。

「わざわざあいつにメッセージ送るの？」

「なにも連絡しなかったら、心配させちゃうでしょう？　スマホ返して」

手を差し出して要求したら、和也が急に大きく目を見開いて私の左手首を掴んだ。

「この鬱血痕はなに？」

それは昨日柊吾さんにつけられたキスマーク。

目を細め私の手首を睨みつける彼を見て、少し狼狽えながらとぼける。

「な、なんだろうね？　どこかにぶつけたんじゃないかな」

キスマークだなんて言えない。でも、研修医の彼にはバレバレだろう。

お願いだから、それ以上聞かないで。

ハラハラしながら次に和也がなにを言うか身構えていると、彼が突然私のスマホを勝手に操作しだした。

「あいつが莉乃のことを本当に好きなのか試してあげるよ」

「あっ！　なにをするのよ」

ギョッとして和也の手からスマホを取り返そうとしたら、彼がメッセージ内容を口にしながら文字を打ち込んでいく。

「えーと、【和也です。今夜は僕と一緒に朝まで飲むから】……で、送信」

メッセージを柊吾さんに送った和也は、ニヤリと意地の悪い笑みを浮かべた。

「ちょっと、なんの冗談よ！」

和也に文句を言うが、彼は反省する様子もなく、スマホを見て楽しげに目を光らせる。

「おっ、既読ついた。彼はどうするかな？」

「くだらないことするんじゃないの。早く返して」

すぐにスマホを奪い返そうとするが、彼はそれを阻止しようとズボンのポケットに入れてしまった。

「あっ」と間抜けな声を出す私を悪戯っ子のような目で見て微かに口角を上げると、和也は店員を呼んでパスタを注文する。

ああ～、柊吾さんは仕事中かもしれないのに。和也の冗談だと軽く流してくれるといいんだけど。

和也のズボンからブルブルとバイブ音がして、ギロッと彼を睨んで要求する。

「多分、柊吾さんがかけてきたのよ。スマホを返しなさい」

「それじゃあおもしろくないでしょ？　本当に好きなら、仕事だろうがなんだろうがここに現れるよ。どんな手段を使ってでもね。ほら、パスタが来た。食べよう」

和也はフッと笑うと、店員が運んできたパスタに目を向け、いただきますをして食べだす。

来るわけない。私は柊吾さんにどこのお店かも伝えていないのだ。

もう和也のズボンからバイブ音はしない。

どうか冗談と思ってくれますように……。

心の中で祈りながら私もパスタに手をつけるが、柊吾さんのことが気になって全然食が進まない。

パスタをつついていたら、私の背後にある店のドアが開いて誰かが入ってきた。

すると、和也がパスタを口に運んでいた手を止め、クスッと笑う。

「ふーん、意外だね。僕の読みが外れた」

え？ まさか……。

振り返ると、柊吾さんが能面のような顔で立っていて和也を見据えている。

静かな怒りが伝わってきて、声もかけられなかった。

「あいにく、たとえ幼馴染でも相手が男なら朝まで飲み明かすなんて認めていない。彼女は俺の妻だからな」

周囲の空気を凍らせるんじゃないかというくらい冷たい柊吾さんの声を聞いても、和也は平然としている。

「結婚の挨拶の時とは口調が変わってない？ それだけ怒ってるってことか。まあいいや。今回はちゃんと来たし、あんたに返してあげるよ」

あ〜、和也ったら何様のつもりなのよ。

「医者も暇なんだな。莉乃、帰ろう」

和也に冷淡に告げると、柊吾さんは私に目を向ける。

その顔は怒りを抑えているように見えた。

「はい」と返事をして椅子から立ち上がると、柊吾さんは私の手をしっかりと握り、店を出ようとする。

「莉乃、待って。忘れ物だよ」

和也が私を呼び止めてスマホを差し出した。

受け取ろうとしたら、柊吾さんが和也の手からスマホを奪い、無言で店を出る。

店の近くに横付けされた車の助手席に私を乗せてから、柊吾さんは私にスマホを手渡した。

「もうあいつに取られるなよ」

怒っているというよりは呆れているその声を聞いてホッとする。

「ごめんなさい。仕事が終わって帰ろうとしたら、和也がいて強引に食事に誘われて」

「謝らなくていい。莉乃が悪いんじゃない」

「でも……柊吾さんだって仕事だったのに、幼馴染が迷惑かけちゃって」

あ〜、ホント和也はなにを考えてるのよ。

心の中で幼馴染を罵る私に、柊吾さんは優しい言葉をかけてくる。

「ちょうど終わったところだから気にするな」

「それにしても、お店の名前までは知らせてなかったのに、よくわかりましたね」

「ああ、携帯のGPSでわかった。万が一のことを考えて特別なアプリを入れてるし」

そういえば、指輪を買ってくれた日に柊吾さんが私のスマホをいろいろ設定してくれたんだっけ。

「私が迷子になってもすぐにわかりますね」

「迷子になられては困る。それより、さっきの店でそんなに食べてなかったが、体調悪いのか？」

ほんのちょっとしか店にいなかったのに、よく見ている。さすが警察官。

「和也があんなことするから、柊吾さんのことが気になって食事どころじゃなかったんですよ」

「それじゃあ、なにか食べて帰ろう。そもそもどうして和也はあんなメッセージを俺に送ってきたんだ？」

「それはですね……あの……その……手首のキスマークを見て……和也の機嫌が急に

悪くなって……」

口に出すのが恥ずかしくてゴニョゴニョと口ごもる私。

走り出した車がちょうど信号待ちになり、柊吾さんが私の方を見た。

「その時の和也の顔が見たかったな」

フッと笑う彼に、首を傾げて理由を問う。

「どうしてです？」

「わからないならいい。知らない方がいいこともある」

柊吾さんは意味深に言って、私の頭をポンと撫でると、車を発進させる。

どこに食べに行くのかよくわからなかったけれど、レインボーブリッジが見えてきてテンションが上がった。

「夜景が綺麗。夜のレインボーブリッジって初めてかも」

「東京《とうきょう》に住んでいるのにか？」

意外そうに尋ねる彼に、クスッと笑って返す。

「東京タワーだって行ったことないですよ」

「まあ近くにあればそんなものかもしれないな。俺も東京タワーなんてテロ対策の視察で訪れただけだから」

柊吾さんの話に「ああ、仕事だと全然楽しめないですね」と同情するように相槌を打つと、彼が浜辺近くの駐車場に車を停めた。

「せっかくだから散歩でもしよう」

柊吾さんと車を降りて遊歩道を並んで歩くが、彼が手を握ってきてドキッとした。

「手袋、忘れたのか？」

「コートのポケットに入ってるんですけど、いつもするの忘れちゃって……。でも、柊吾さんの手の方が温かいですね」

フフッと笑ったら、彼も微笑み返した。

「それはよかった」

「夜にお台場《だいば》なんて、ちょっと不良になったような気がします」

彼とふたりで歩くのが楽しくてそんな発言をしたら、クスッと笑われた。

「ただお台場にいるだけなのに？　それはかわいい不良だな」

「だって推し活する前は、家と図書館をただ往復するだけの毎日だったから。脚にコンプレックスがあって外に出るのが怖かったんです。厚いタイツで隠してても誰かに見られちゃうんじゃないかって……」

脚のことを笑って話せる日が来るなんて、彼と結婚するまで考えたこともなかった。

「もう痛みはないのか？」

少し心配そうな顔で尋ねる彼の目を見つめ、穏やかに微笑む。

「季節の変わり目とか、寒い日とかにはちょっと痛くなることはありますけど、歩くのに支障はないですよ」

「じゃあ、今も痛いんだな。雪は降っていないけど、寒いし」

柊吾さんが急に立ち止まるので、彼の手を強く引いて歩き出した。

「違和感があるくらいです。歩かないと逆によくないんですよ。連れてきてくれてありがとうございます。とっても楽しい」

「そうか」と優しい眼差しを向けてくる彼を見て安堵する。

「あっ、柊吾さん、あそこにたこ焼き屋さんありますよ。私、無性にたこ焼きが食べたくなりました」

少し先にあるたこ焼き屋の看板を指差しておねだりすると、彼にクックと笑われた。

「はいはい。奥さんに初めておねだりされたのが、宝石でもバッグでも旅行でもなくてたこ焼きとはね」

「食い意地が張ってるって呆れてますすね？」

柊吾さんに言われる前に自分で言うが、すぐに否定される。

「いいや、かわいいなって思ってる」

真顔で言われてドキッとしたけれど、彼をじっとりと見て言い返した。

「嘘です。目が笑ってますよ」

「バレたか」

悪戯っぽく目を光らせる彼の胸を片手でトンと叩く。

「もう柊吾さん！」

「ほら、なに味にするんだ？」

彼がたこ焼き屋のメニューの看板をクイと顎で示したのでそちらに目を向けると、たくさん種類があって悩んでしまった。

ソース味、だし醤油《しょうゆ》、ポン酢、チーズ明太子、九条ねぎマヨ……。

「あ～、定番のソースもいいけど、ポン酢味もいい。どうしよう～」

真剣に悩んでいたら、そんな私を見て柊吾さんが不思議そうな顔をする。

「両方頼めばいいじゃないか。俺も食べるし」

「え？　いいんですか？」

あっさりと悩みを解決され、思わずパアーッと笑顔になる。

「ああ。すみません。ソースとポン酢、ひとつずつください」

彼が店の人にそう頼んでたこ焼きを買うと、近くのベンチに座った。

「まずどっちから食べる？」

柊吾さんに聞かれ、少し迷いながらもソース味の方を指差した。

「ソースがいいです」

「ほら、あーん」

柊吾さんが楊枝で刺したたこ焼きを私の口元まで持ってきたので、慌てた。

え？　え？　こんなことされるの初めてなんですけど。

「莉乃、早く口開けろ」

彼に急かされ、恥ずかしかったけど思い切って目の前のたこ焼きをパクッと口に入れた。

「いただきます……あふっ……あつ。でも、美味しい」

「莉乃、顔が赤くないか？」

彼に指摘され、「そ、そんなことないです。口から胃に入るのがわかるくらい熱々ですよ」ととっさにごまかす。

「なんだ、それ？　胃カメラの映像みたいだな」

楽しげに笑う柊吾さんに、今度は私がたこ焼きを差し出したら、彼が数秒固まった。

「さあ、柊吾さんも食べてください」

私がそう要求すると、彼は少し照れくさそうな顔をして、たこ焼きを口にする。

こんな表情の柊吾さん、初めて見た。もっといろんな彼の表情を知りたいな。もっと……。

「熱っ……」と言いながら咀嚼《そしゃく》し、彼が私に向かってニコッとする。

「確かに熱くて身体が温まるな」

ああ、この顔好き。彼の笑顔を独占したくなる。

「次はポン酢いってみましょう」

ただたこ焼きを食べているだけなのに楽しくて、はしゃぎながらポン酢味のたこ焼きを手に取り、彼に食べさせた。

「どうですか？」

「ポン酢味は初めて食べたが、さっぱりしてて美味しいな」

彼の感想を聞いて、ニンマリする。

「でしょう？　じゃあ、私も」

私が手を伸ばす前に、彼が楊枝で刺してまた食べさせてくれた。

「ふふっ……美味しい。たこ焼きって、やっぱりひとりよりふたりで食べる方がいいですね」

ほくほく顔でそんなコメントをする私を柊吾さんが温かい目で見つめ、「そうだな」と頷く。

そんな彼を見つめ返して、しばし静かな時が流れた。

ちょっとした沈黙も相手が彼なら怖くない。他の人ならなにか話さなきゃって焦るけど、彼と一緒の時はいつも通りの自分でいられる。

それはきっと彼がありのままの私を受け入れてくれるから。だから私も、そんな彼に心を許している。

ああ……今、気づいた。

私は……柊吾さんが好き――。

彼の笑顔だけじゃない。彼のすべてを独占したいって思う。

じっと柊吾さんを見ていたら、彼が私に顔を近づけてきてハッとした。

「莉乃、口に青のりついてる」

その指摘に「え？ 嘘？ どのへんですか？」とあたふたしていたら、彼がハンカチを出して私の唇を拭った。

「なんだか子供みたいだな」

「こ、これでも二十七のレディですよ」

顔がカーッと熱くなるのを感じつつも彼に言い返したら、「レディって言い方、古くないか？」と爆笑された。

笑いすぎたせいか、彼の目にはうっすら涙が浮かんでいる。

そんな柊吾さんを見ても愛おしく感じる私って、相当彼が好きなのかもしれない。

「もう〜、笑わないでくださいよ」

上目遣いに睨んで文句を言ってみるが、彼には全然きかなくて、もっと弄られる。

「莉乃、今度こそ顔真っ赤。ホント、かわいい奥さんだな」

柊吾さんが私の頬に触れてきて、ますます顔が火照った。

妻のことが気になります ― 柊吾side

「私のバカ！」

莉乃の声で目が覚めてパチッと目が合うと、彼女は〝しまった〟というような表情で手を口に当てた。その薬指には昨日買った結婚指輪が光っている。

今さら口を隠してもムダなのにな。

「なにが『私のバカ！』なんだ？」

穏やかに微笑しながら問えば、彼女は皿を割った子供のように落ち込んだ様子で俺に謝る。

「今度こそ柊吾さんに迷惑はかけないって思ったのに、また抱きついちゃって……。ごめんなさい」

推しの抱き枕を抱いて寝たのに、朝起きれば俺と抱き合っていて、すごく反省しているのだろう。

昨夜、布団に入ってしばらく寝たふりをしていたら、莉乃は抱き枕があるにもかかわらず寝苦しそうにしていた。結局いつものパターンで寝返りを打って俺の方にやってきて、彼女の足がぶつかって抱き枕はベッドから落下。

多分、人の温もりが恋しくて俺の方に身を寄せてきたんだろうが、無意識だろうと推しよりも俺を選んでくれたことが嬉しいと思う自分がいた。

俺の横で安心しきった顔で眠る莉乃を抱き寄せ、包み込むように抱きしめる。

もうそれは俺の日課となっていた。

事の真相を知ってるのに何食わぬ顔で彼女に問う俺は、意地悪な性格かもしれない。

「肝心の抱き枕はどこに行った？」

「……床に落ちてます」

俺から視線を逸らしながら答える彼女がかわいくて、ついつい弄ってしまう。

「強い愛はどうなったんだろうな？」

「……ハハッ、どうなったんでしょうね。ところで柊吾さん、ちゃんと眠れてます？」

苦笑いしながらとぼけて、莉乃は話題を変えてくる。本当に俺のことを心配しているようなので、茶化さずに彼女の目を見て安心させるように微笑んだ。

「大丈夫。よく眠れてる」

莉乃の温もりが心地よくて、毎晩彼女を抱きしめて寝てしまう。彼女といると安眠できるからか、体調もすごくいい。

だが、俺が莉乃を抱き寄せて寝てるなんて言ったら彼女が卒倒するだろうから、これは俺だけの秘密だ。

初めは面倒に思っていた結婚。だが、今は莉乃との生活を楽しんでいる自分がいる。

今日は日曜だったが松田から連絡があり、莉乃を図書館に送ってから登庁した。

「いやー、新婚さんなのに呼び出して悪いね……って、おおー、今日は結婚指輪してる」

目ざとく結婚指輪を見つけて大袈裟に驚く松田に、思い切り顔をしかめる。

「うるさい。警察学校の爆破予告の件はどうなった？」

軽く文句を言って、すぐに仕事モードで問えば、こいつも真剣な顔で返した。

「警察学校の職員に調べさせたら、講堂に仕掛けられた爆弾を発見した。今、防犯カメラの映像を調べてもらっている」

早期に発見できてホッとする。

「仕掛けられた爆弾の種類は？」

「一カ月前、大学の研究室にセットされていたものと同じだ」

「今回警察関連施設に仕掛けたのは、爆破するためではなく、俺たちへの宣戦布告が大学の爆破計画をことごとく阻止されたから、警察学校に爆弾を仕掛けて俺たちを挑発してきたのではないだろうか？

俺の言葉を聞いて、松田が顎に手を当てながら頷いた。

「確かに。警察学校より、よそに仕掛けた方が見つけにくかっただろうに」

「久世さーん、鑑識に防犯カメラの解析依頼したら、こんな画像が」

赤髪の青年に呼ばれ、彼のデスクに行く。

彼はコンピュータ関連担当の高橋裕貴《たかはしゆうき》。中背で細身の彼は中性的な顔立ちをしていて、一応警部補なのにいつもグレーのパーカーにジーンズという格好をしている。二十四歳で、元ハッカーという異色の経歴の持ち主。その高い能力が悪事に利用されるのが惜しくて、彼を更生させるために俺が引き抜いた。

モニターに映し出された映像を見ると、作業着を着た修理業者が三人いて、なにやら配線の増設をしている。みんな帽子を被り、マスク姿で顔はよくわからない。

「警察学校に問い合わせたら、配線工事を頼んだ業者って回答でした。業者の方は水城《みずき》さんに当たってもらってますよ」

「そうか。科捜研にこの映像の解析を頼んでくれ。これでは顔がわからない」

高橋に指示を出すと、彼がパソコンのディスプレイを見て声をあげた。

「久世さん、また犯人からメールが」

緊張した面持ちの高橋に静かに告げた。

「開いてくれ」

「了解」と高橋が返事をしてメッセージを開くと、それは俺宛てだった。

【久世柊吾。今日のはほんのお遊びだ。また近いうちに爆弾を仕掛ける】

「久世名指しで喧嘩売ってきたな。お前に個人的な恨みでも？」

松田に聞かれしばし考えるが、テロ組織の人物に接触した記憶なんてない。

「さあどうだろう？　個人的に知らなくても、うちのメンバーの名簿くらいは持っているかもしれないな。十日前に警視庁のシステムがハッキングされているし」

「ああ。まあ裏では出回ってるだろうな」

俺の言葉に松田が相槌を打ったその時、真紅のド派手なスーツを着た女性が現れた。

「あっ、久世くん来たのね。松田くんから報告受けてる？」

彼女は俺の同期の水城真夜《まよ》。モデルのように背が高く、腰まである巻き髪が印象的な彼女は、仕事はできるが男癖が悪く、同僚だろうが構わず手を出す。

俺もしつこく誘われるがいつも冷たく断っている。

「ああ。電気工事の業者の件はなにか掴めたか？」

水城に確認すると、彼女は大袈裟に肩を落としてみせた。

「警察学校に業者の連絡先と住所を聞いて調べたら、数年前に廃業してたわ。つまり手がかりなしよ」

「その業者を警察学校が利用していたなんて、いい恥晒《さら》しだな」

チェックが甘すぎる。

俺の辛辣《しんらつ》なコメントに、松田が苦笑いする。

「うわー、久世、身内にも容赦ないね」

「未然に防げたからよかったものの、爆発していたら大失態で、今頃警視総監が謝罪会見を開いていたさ」

警察関係者の意識が低下しているのかもしれない。

「マスコミにはバレないように手を打っておいたわ。だから、久世くん、今夜付き合ってよ」

ご褒美をくれと言わんばかりに水城が俺の腕を掴んでくるので、すかさず振り払った。

「妻がいるので遠慮する」

「やだあ、なに冗談言ってるの。独身主義者のあなたが」

「冗談ではない。ちゃんと結婚している」

左手を見せると、彼女が食い入るように俺の結婚指輪を見つめた。

「嘘～。いつの間に？　私に内緒で結婚なんかしないでよ～！」

指を咥《くわ》えて悔しがる水城に、俺は冷ややかに言う。

「いちいち報告する義務なんてないが」

「相手はどんな女性なの？　どこかの令嬢？」

「それを知ってどうする？　水城には関係ない」

しつこい彼女にうんざりしながら返し、自分の執務室で仕事をする。

本部長という役職柄、デスクワークも多く、一日の三分の一はここで過ごす。

その後、警視総監へ事件の報告を済ませ、退庁しようとしたら、ポケットに入れておいたスマホがブルブルと震えた。

手に取って画面を確認すると、莉乃からのメッセージ。

【柊吾さん、和也が図書館に来たので、一緒に食事をしてから帰ります】

幼馴染と食事？

彼女のメッセージを見て思わず顔をしかめてしまうのは、彼をよく思っていないせいだろう。

食事が終わったら知らせるようにと返事を打とうか迷っていたら、また彼女からメッセージが届く。

【和也です。今夜は僕と一緒に朝まで飲むから】

その文面を見て、スマホを力いっぱい握りしめた。

「あいつ……」

俺を挑発している。

その場にいないのに、和也がどんな表情をしているか容易に想像できた。

莉乃に電話をかけるが、呼び出しのコールが鳴るだけ。

繋がらないとなると余計不安になる。

彼女が出ないということは、俺の電話に気づいていないか、スマホをあいつに取られているということ。恐らく後者の可能性が高い。

莉乃に手を出したら容赦しない。

スマホで莉乃の位置情報を確認すると、勤務先の図書館の近くのパスタ屋にいた。

ちょうど仕事が終わったところでよかった。ふたりがよそに移動しないうちに捕まえなければ。

松田に「今日は帰る」と伝えると、急いで地下駐車場に行き、彼女のもとへと向かった。

最短ルートを走り、信号待ちの間にスマホのGPSで莉乃が移動していないか確認する。

まだパスタ屋にいるな。和也が本気で彼女を奪おうとしているなら厄介だ。

信号が青に変わり、すぐに車を発進させるが、焦りを感じずにはいられなかった。

相手は医者。なにか薬でも飲まされて彼女を連れ去られる可能性だってある。

店に着くと、道路脇に車を停め、莉乃を迎えに行く。店の中に入り、すぐに莉乃を見つけてホッと胸を撫で下ろした。

だが、和也への怒りが収まったわけではない。

じっと彼を見据えると目が合って、奴が気づいて微笑した。

「ふーん、意外だね。僕の読みが外れた」

少し残念そうに言う彼の顔を見て、俺に送ってきたあのメッセージは半分本気だったのではないかと思う。俺がここに現れなかったら、莉乃を連れ帰っていただろう。

「あいにく、たとえ幼馴染でも相手が男なら朝まで飲み明かすなんて認めていない。彼女は俺の妻だからな」

敵意を剥き出しにして告げると、和也はおもしろそうに目を光らせた。

「結婚の挨拶の時とは口調が変わってない？　それだけ怒ってるってことか。まあいいや。今回はちゃんと来たし、あんたに返してあげるよ」

返してあげる？　たかが幼馴染のくせになにを言ってるのか。

その言い方が気に食わなくて、皮肉を言った。

「医者も暇なんだな。莉乃、帰ろう」

彼の前で礼儀正しい夫を演じる必要はない。

莉乃に視線を移し、「はい」と返事をして席を立つ莉乃の手を見せつけるようにギュッと握る。

店を出ようとしたら、和也が彼女に声をかけた。

「莉乃、待って。忘れ物だよ」

ニヤリとしながら莉乃のスマホを持っている彼を見ていると、どす黒い感情が湧き上がってくる。『莉乃』と馴れ馴れしく彼女の名前を呼ぶのも気に障った。

莉乃に触れさせたくなくて、彼女が動く前に奴の手からスマホを掴み取って店を出る。

苛立ちから莉乃の手を強く握っていたことに気づいて力を緩めた。

……いけない。感情的になるな。

莉乃が悪いわけじゃないのに、彼女を怖がらせてしまう。

店の近くに停めてあった車の助手席まで莉乃をエスコートすると、運転席に座って彼女のスマホを渡した。

俺と和也のただならぬ空気を察してか、彼女が申し訳なさそうに謝ってくる。

「ごめんなさい。仕事が終わって帰ろうとしたら、和也がいて強引に食事に誘われて」

優しい彼女があいつの誘いを断れるわけがない。

莉乃が悪いんじゃないと言い聞かせたが、なぜ和也が俺を挑発してきたのか気になった。

「そもそもどうして和也はあんなメッセージを俺に送ってきたんだ？」

俺の質問に彼女は気まずそうに手を組んでもじもじさせながら伏し目がちに答える。

「それはですね……あの……その……手首のキスマークを見て……和也の機嫌が急に悪くなって……」

ああ。なるほどね。あれを和也は見たのか。

それは心中穏やかではいられなかっただろうな。

「その時の和也の顔が見たかったたな」

笑みを浮かべてそう言えば、彼女が小首を傾げた。

「どうしてです?」

「わからないならいい。知らない方がいいこともある」

弟のように思っている幼馴染が自分のことを好きだと気づいたらショックだろうし、異性なんだと認識されても困る。

ホント、莉乃のことだと余裕がなくなる。どうしてだ?

契約結婚の相手なのに……。

落ち着け、冷静になれ。いずれ俺たちは離婚する。

彼女を必要以上に近づけてはいけない。いつでも別れられるよう適度な距離を保て。

俺はテロ犯からも狙われる身。彼女を危険に晒してはいけない。

ちょっと頭を冷やそうとお台場方面に車を走らせ、浜辺近くの駐車場に車を停めると、たこ焼きを食べて、莉乃と散歩を楽しむ。

とても穏やかな時間――。

彼女の声が耳に心地よくて、仕事を忘れてリラックスできる。

空中回廊を歩いて自由の女神像が見えてくると、彼女が声をあげた。

「わあー、本当にあるんですね。自由の女神。なんだか日本じゃないみたい」

「初めて見るのか？　お上りさんみたいだな」

クスッと笑って莉乃をからかうと、彼女はどこか自慢げに言う。

「最近推し活で外に出るようにはなりましたけど、基本引きこもりですもん」

「そういえば、祖母と聖地巡礼行くんだったな。楽しんでくるといい」

祖母には結婚式のことといい、新婚旅行のことといい、『柊吾、莉乃ちゃんを蔑《ないがし》ろにしてないでしょうね？　あなたが莉乃ちゃんを放置するなら、私が彼女を借りますよ』と散々電話で嫌みを言われた。

莉乃の両親にも悪い印象を持たれてはマズいし、俺もどこかに連れていかなければと考えてはいるが、年末までまとまった休みは取れない。

「なんだかすみません。柊吾さん、ひとりになっちゃいますね」

とっくに成人してるのに、ひとりになる心配をされるとは思わなかった。

俺は体裁を気にしているのに、彼女は俺のことを考えている。

きっとみんなに愛されて育ったからだろう。彼女には擦れたところがない。

「俺のことは気にしなくていい」

淡々と返す俺に、彼女は明るく微笑む。

「気にしますよ。私の旦那さまなんですから」

私の旦那さま……。

「なんだかいい響きだな」

胸にジーンとくる。莉乃といると心が温かくなるのが自分でもわかる。

だからかな。自分から彼女に触れたくなるんだ。

俺の本性を知っても莉乃は引かない。

弱いようで強くて……俺の前でよく笑って……俺の前でよく拗ねて……俺にとんでもない味の料理を食わせる。

初対面の時の印象は、扱いやすそうでおしとやかなお嬢さんだった。だが、実際は俺にくどくどと意見するし、素直に俺の言うことは聞かず、結構頑固で扱いづらい。

でも、そんな彼女から目が離せないのだ。

遠ざけなければいけない。そう、近づけるな。

この結婚は永遠ではないし、俺には女なんて必要ない。

そう何度も自分の心にストッパーをかけるのに、彼女は俺の頑《かたく》なな心を溶かしていく。

「でも、言った後に照れますね。だってまだ新婚ほやほや」

はにかみながら言って自分の火照った顔を手で扇ぐ莉乃。そんな彼女を見ていると、なんとも言えない気持ちになった。

「莉乃が言うとなんでもかわいく響くな」

だから彼女を欲してしまう。

莉乃に触れたい。この腕で抱きしめたい。

「そんなこと……ありませ……！」

俺を見つめて否定しようとする莉乃の瞳を捕らえ、彼女に口づける。

もう我慢できなかった。

彼女に最初にキスをした時から、俺の理性の箍《たが》は外れていたのかもしれない。

「いいや、かわいいよ」

ギュッと抱きしめて、彼女の耳元で囁く。

「柊吾さん……」

キスをされて驚いた莉乃が、ためらいながらも俺の背中に腕を回してきた。

しばらくそのまま抱き合っていたら、突然大粒の雨が降ってきて……。

「雨……戻らないと」

ハッとして莉乃の手を引いて、駐車場に戻るが、傘を持っていなくてかなり濡《ぬ》れた。

「雨の予報なんて出てなかったのに」

車に乗ると、莉乃が苦笑いしながらハンカチで濡れた顔や髪を拭く。

「服まで濡れてしまったな。寒くないか？」

エアコンをガンガンに利かせ、後部座席にあったブランケットを莉乃にかけてやる。

「大丈夫です」

彼女は平気な振りをしているけど、このまま家に帰ってはきっと風邪を引くだろう。

すぐに車を発進させて、近くのホテルへ――。

「莉乃、今夜はここに泊まる」

車を停めて彼女に声をかけると、驚いた顔をされた。

「え？　家には帰らないんですか？」

「家までちょっとかかるからな。身体をあっためないと」

莉乃にそう言って車を降りて、ホテルに入ると部屋を取った。

久世グループ系列のホテルということで、俺の名前を告げただけで、最上階にあるスイートに通された。

「すごく豪華な部屋ですね。いいんですか？　部屋数もいっぱい」

莉乃が部屋に入るなり、もの珍しそうにリビングや寝室、バスルームなどを見て回る。

「ここは久世グループの系列だから、もともと久世家で押さえている部屋なんだ。それより、早くシャワーを浴びて温まってこい。俺は別のシャワールームを使うから」

莉乃の背中を叩いてそう促し、俺は少し離れたシャワールームに向かう。

素早くシャワーを浴びると、リビングに行って窓の外に目を向けた。

まだ雨は激しく降っていて、雷も鳴っている。

「部屋を取って正解だったたな」

冷蔵庫からペットボトルの水を出して、ゴクゴクと口に運ぶ。

雨が降らなかったら、俺は莉乃をどうしていただろう？　キスをして……それから彼女を抱いていたかもしれない。

一時の衝動で動くな。彼女を傷つけてしまう。

莉乃は男性経験がない。俺が安易に手を出してはいけない女だ。

彼女を欲しているのはただの欲望から。

そう。最近女を抱いていなかったから、無性に彼女が欲しくなるんだ。自制しろ。

自分に何度も言い聞かせていたら、バスローブを羽織った莉乃がリビングにやってきた。

バスローブ姿の莉乃は、いつもより肌の露出が多くて、妙に色っぽかった。少し恥ずかしそうな顔で俺に近づいてくる。

ハリのある真っ白な肌。襟元から覗くふっくらした胸。

ちょっと目に入っただけで、俺の理性をかき乱す。

自分の身体が熱くなるのを感じて、今日寝室がふたつあってよかったと思う。一緒に寝たら、彼女を抱いてしまうかもしれない。

「柊吾さん、シャワー浴びるの早いですね」

「俺は莉乃と違って髪も短いから、五分もあれば充分なんだよ。ちゃんと髪乾かしたのか？」

莉乃の髪をひと房掴むとシャンプーのいい香りがした。

「ちゃんと乾いてるでしょう？」

「ああ。珍しくな」

「いつもしっかり乾かしてますよ。……キャッ！」

突然大きな雷が鳴って彼女が叫んだ。

「い、今の絶対どこかに落ちましたよ」

つっかえながら俺に抱きついてくる莉乃をじっと見て、さっき水を飲んだのに無性に喉が渇いた。

「雷が怖いんだな」

「あんな怖い音聞いて怖がらない方が不思議です。自分に落ちたら……って想像するだけで怖いじゃないですか」

「ここはホテルの部屋だ。落ちないよ」

なんとか彼女を安心させようと思うがうまくいかない。

「わかってても怖いんです！」

顔を強張らせながら必死に訴える彼女を見て、呆気に取られる。

「今までどう対処してたんだ？」

俺には雷なんてただうるさいくらいにしか思わないが、彼女にとっては違うらしい。

「そんなのわかりませんよ！　また光った！」

ピカッと稲光が走って空が明るくなると、莉乃がさらに俺にしがみついてくる。

しばらくすると雷が収まって、「ほら、もう大丈夫だ。寝室に行こう」と声をかけた。

「はい」と返事をして莉乃が離れるが、また雷が鳴ってその場にへなへなとくずおれる。

「莉乃、大丈夫か？」

絨毯の上に座り込んだまま固まっている莉乃に目を向けると、彼女が面目なさそうに言う。

「……すみません。腰が抜けました」

どうして遠ざけようとするのに、こうなるのか。これでは放っておけないじゃないか。

「雷が怖いのがよーくわかった。肝に銘《めい》じておく」

ハーッと軽く息を吐いて自分の心を落ち着かせると、莉乃を抱き上げて奥の主寝室のベッドに運んだ。

「ほら、今日は疲れただろう。ゆっくり寝ろ」

「え？　柊吾さんは？」

布団をかけてから少し素っ気なくして離れようとする俺を見て、彼女が不思議そうな顔をする。

「俺は別の寝室で寝る。俺がいない方が眠れるだろ？」

ポンと莉乃の頭を軽く叩いたら、彼女が俺の腕を強く掴んだ。

「……眠れません。また雷が鳴ったら嫌です」

「もう鳴らないよ」

莉乃から離れたくて適当なことを言うが、彼女は縋《すが》るように俺を見つめてくる。

「いてくれなきゃ困ります」

「莉乃……もうお子さまだって思えないんだ」

今彼女と一緒にいて手を出さずにいる自信がない。触れたくてたまらない。

正直に俺の気持ちを伝えたら、彼女がクスッと笑った。

「当然です。さっきも言ったでしょう？　私、もう二十七です。それに人妻ですよ」

茶目っ気たっぷりに言う彼女に、自分の感情を抑えながら告げる。

「年齢とかじゃなくて……。莉乃を抱きたくなるから、別々で寝た方がいい」

これで怖くなってすぐに俺から離れるだろう。

そう思ったが、俺の予想が外れた。

「柊吾さん……」

少しためらいながらも、彼女が俺の頬に両手を伸ばして触れてくる。何度かスーッと息を吸うと、その潤んだ瞳はなにか覚悟を決めたかのように俺の目を捕らえた。

「私を……本当の妻にしてもらえませんか？　私、抱かれるなら、柊吾さんがいいです」

かなり緊張しているのか、彼女の声は若干震えていた。

「俺なんかよりいい男なんてたくさんいる」

正気じゃない。雷が怖くてそんなおかしなことを口にしているんだ。

理性を総動員してそう返すが、彼女は諦めずに俺に訴える。

「目の前にいい男がいるじゃないですか。とびきりのいい男が。毎朝私の作った料理毒味してくれるなんて、柊吾さんしかいませんよ」

「ただそれだけの理由で決めるなよ」

俺を引き止めようとする莉乃に冷たく返したら、ひどく悲しそうな顔をして……。

「やっぱり私じゃダメですよね。……変なこと言ってごめんなさい」

俺から目を逸らし、今にも泣きそうな顔をする彼女を見て胸がズキッとした。

……傷つけてしまった。俺はただ自分から彼女を守りたかっただけなのに……。

「後悔しても知らないぞ」

ためらいながらも莉乃を慰めるようにかき抱いてそう告げれば、彼女が少しホッとしたように笑って俺の背中に腕を回してきた。

「後悔なんてしません。私を抱いてください」

可憐な花のように笑う彼女が俺の心を変えていく。

かわいいだけじゃなく、カッコいい女。

後にも先にも彼女だけだろう。一緒にいるだけで、こんなにも心が満たされる。

もうどんなに抵抗したって、彼女に惹かれるのは止められない。

「負けた」

自嘲《じちょう》気味に呟く俺に、彼女が怪訝な顔をする。

「勝負した記憶はないですよ」

「もう莉乃の誘惑に抗えないってことだ」

ニヤリとして莉乃の頭を掴んで口づける。

彼女の柔らかな唇が触れただけで、湧き上がる独占欲。

これは……俺の女だ。

他の男には渡せない——。

旦那さまに初めてを捧げる

『俺に本気で惚れるなよ』と彼に言われていたのに、好きになってしまった。

契約結婚の旦那さまに片思いなんてなんだか滑稽だ。しかも、結婚の終わりがいつかもわからない。

彼が『離婚する』と言えば、私と彼の関係はそこでジ・エンド。

仮初の妻とわかっていても、彼に惹かれるのを止められなかった。

顔が斗真さまに似ていたから好きになったんじゃない。

最初は騙されたと思っていたけれど、もともと契約結婚だったわけだし、彼だって同じベッドで寝ても私を襲うことはなかった。

傲慢な俺さまかと思いきや、私のまずい朝食を食べてちゃんと批評して、火傷の手当までしてくれる。

私がコンプレックスに思っている脚のことだって、気にしなくていいと言ってくれた。彼はありのままの私を受け入れてくれる。そんな人、初めてだった。

だから好きになったんだと思う。

意地悪なのに優しくて、意外に世話好きで……。

柊吾さんを好きだと自覚した途端、もう頭も心も彼のことでいっぱいになった。

でも、彼は自分の弱みは決して私に見せない。

仕事で大変なことだってあるだろうに、いつも疲れも見せず、平然としている。

それに親しくなったかと思えば、急に私との間に見えないバリアを張ろうとするのだ。

さっきだって、私とは別の寝室で寝ようとした。

夫婦生活はなしでとお願いしたのは私。

だけど、もう結婚した時とは状況が違う。

彼を好きになってしまった。

結婚してすぐに俺さまに豹変した彼を自己中で勝手な人と思ったけれど、今は私の方が我儘《わがまま》になっている。

私と距離を置いてほしくない。

たとえ永遠の愛を誓っていなくても、今はちゃんと私を見てほしい。

そう今は……。

「……乃、莉乃」

彼に名前を呼ばれてハッとする。

「柊吾さん……？」

「愛し合ってる最中にボーッとするなんて余裕だな」

「ち、違う。私だけを見てほしいなって」

考えていたことをなにも考えずに口にしたら、彼がおもしろそうに目を光らせた。

「なにをおかしなことを言っている？　ここには俺と莉乃しかいないだろ？」

「そうですけど……柊吾さんって絶対に女性にモテるから。指輪を買いに行った時だって、女性がみんな柊吾さんに見惚れてましたよ」

彼が望めばどんな女性だって自分のものにできる。

そんな彼が私と結婚したのは、契約結婚に同意したから。

「くだらない。俺にはいつだって莉乃しか見えてない。包丁で手を切るんじゃないか、階段から足を踏み外すんじゃないかって心配で……」

私がとんでもないドジみたいな言い方をするので、上目遣いに彼を睨みつけた。

「もう、柊吾さん！」

ドンと彼の胸板を叩いたら、彼が「いてっ」と言いながら優しく微笑む。

「だからお前しか見えないよ」

……ひどい人だ。別れることがわかっている女にそんな甘い顔をするなんて……。

でも、彼は自分がどんなに罪作りな男かわかっていない。

恋って楽しいだけかと思っていた。つらいものでもあるんだね。

ずっと柊吾さんと一緒にいたい。でも……彼はそれを望んでいないのだ。

仕事が大事で……私との結婚は華子さんを安心させるためのもの。

彼が私を好きになってくれるなんてそんな奇跡、起こらないに決まってる。

実らない恋なのに、彼が好きで……もう自分でもこの気持ちをコントロールできなくなっていた。

愛されないとわかっていても、離婚するその時まで彼のそばにいたいと思う私は愚かな人間かもしれない。

「私も柊吾さんしか見えないですよ。四六時中一緒にいますからね」

胸がチクッと痛くなるのを感じつつも、彼の前では笑ってみせた。

「和也は？」

柊吾さんの口から不意に和也の名前が出てきて驚く。

「和也は家族みたいなものだし、今目の前にいるのは柊吾さんですよ」

ひょっとして嫉妬？

そんな考えが頭に浮かんだけれど、すぐに否定した。

違う。それじゃあ、まるで彼が私に惚れてるみたいじゃない。

今日和也に呼び出されたから、名前を出しただけなのだろう。

嫉妬してくれたらいいのに……。

「和也に嫉妬してます?」

クスッと笑って聞いたら、彼は「ああ。嫉妬してる」と肯定しながら私の唇にキスを落とす。

〝嘘つき〟と心の中で呟いて、彼の首に両手を絡めた。

柊吾さんはキスをしながら、私の胸を手で愛撫《あいぶ》する。

甘い痺れが私を襲い、「あん!」と喘《あえ》いだ。

「俺しか見るなよ」

彼は我が物顔で命じると、今度は唇で私の胸に触れてきた。

男女の営みについてそれなりの知識はあるけれど、そんな風に触れられて身体がビクッと動いた。

「あっ……ん」

——変な感覚。だけど怖くはない。

身体が敏感になって、もっと触れてほしくなる。

柊吾さんは片方の胸を手で揉み上げながら、もう片方の胸の先端の周りを舌で舐め上げてきた。

「……あっ」と声をあげながら、足をもぞもぞさせる。

なんなの、これ？　身体がおかしくなりそう。

彼は私の反応を見ながら、胸を口に含んで思い切り吸い上げた。

胸が少しチクッとしたが、その後押し寄せてきた快感で身体を反らす。

「ああっ！」

自分のものではない色っぽい声が出て驚いた。

「莉乃もそんなセクシーな声が出せるんだな」

柊吾さんがニヤリとするので、彼から目を逸らし弱々しい声でお願いした。

「い、嫌、恥ずかしいから言わないで」

「今さらなにを言ってるんだか。お前の声も身体も全部俺のものなんだよ、奥さん」

フッと微笑すると、彼は私の背中を撫でながら胸を執拗に舐め上げた。

「ああん！」と何度も喘ぎ声をあげ身悶《みもだ》えする私を、彼は楽しげに眺める。

「こんなに乱れるとは思わなかったな」

彼に言い返したいが、甘い痺れに襲われ言葉がなかなか出てこない。

なんだか現実じゃなくて夢でも見ているみたいだ。

私なのに……彼の手でいつもとは違う自分になっている。

「柊吾さんの……せい。私……おかしいの？」

囁くような声で問うと、彼は小さく微笑んだ。

「いいや。おかしくない。もっと感じろ」

柊吾さんは胸への愛撫をやめ、私の背中から臀部《でんぶ》へと手を移動させ優しく撫で回しながら、私のおへその周りにゆっくりと舌を這わせる。

「あ……あっ」と喘ぎながらたまらず身をよじると、彼がクスッと笑った。

「莉乃って感じやすいんだな」

「……言わないで」

恥ずかしくて腕で顔を隠して抗議したら、彼が意地悪く聞いてくる。

「どうして？　俺の手で感じてくれて嬉しいよ」

「だって……こんな自分知らない」

「俺と一緒に知っていけばいい」

柊吾さんが宥めるような声で言って、私のショーツに手をかける。

あっ、下も脱がされる⁉

そう思うと同時にショーツも取り去られ、彼が私の脚に手をかけた。

「しゅ、柊吾さん？」

秘部を見られるのは抵抗があって、どうしても脚を閉じてしまう。

誰だって経験すること。そう自分に言い聞かせても、身体が自然と硬くなる。

誰にも触れられたことのない場所だけに怖いのだ。

「大丈夫。怖くない……って初めてじゃ怖いよな。やめるか？」

やめる？　今やめられたら、一生彼に抱いてもらえないかもしれない。

彼はモテるのだから、私みたいな面倒な処女をわざわざ相手にしなくてもいいのだ。

「い、嫌です。お願いだから……やめないで」

上体を起こして必死に訴える私に、彼が顔を近づけてきた。

「そんな泣きそうな顔をするな」

慰めるようにキスしたと思ったら、柊吾さんはゆっくりと微笑んだ。

「莉乃のペースでいいんだ」

その言葉が私の胸を打つ。

私のペース……。

ああ。そうだ。彼は最初から自分の欲望を押しつけてはこなかった。

ずっと私の反応を見ながら少しずつ先に進んで……そして、今は続けるかどうか私に決定を委ねている。

「続けてください、柊吾さん。初めてでちょっと緊張しちゃっただけです」

柊吾さんのお陰で少し心が落ち着いてきた。ぎこちないながらもニコッと笑ったら、彼が私の目を見て微笑み返し、私の手を取って口づける。

「仰せのままに」

その言葉を聞いてホッとした。

これから彼ともっと親密なことをすると思うと、顔から火が出そうだし、身体がカチカチになりそうだけど、やめられるよりはずっといい。

だって、彼に抱かれたい。

柊吾さんとひとつになったら、もっと彼に近づけるかもしれない。

それから柊吾さんは手と唇を使い、時間をかけて私の身体をくまなく愛撫した。

すごく気持ちよくて、身体が蕩けそう。

雷が鳴っているのに今は怖くなかった。

柊吾さんが与える快感に恍惚《こうこつ》となっていたら、彼が不意に私の脚の傷跡にキスをしてきたものだからビクッとした。

「柊吾さん⁉　なにを？」

動揺しながら問うが、彼は何食わぬ顔でとても愛おしそうに傷跡に触れた。

「莉乃の傷跡を愛《め》でてる」

そんな風に人に触れられたのは初めてだ。

いや、そもそもお医者さん以外には触れさせなかった。

「……そんなやめてください」

ギョッとする私に、彼は温かい目で告げる。

「やめない。だって、ずっと頑張ってきた脚じゃないか」

「柊吾さん……優しすぎ」

優しすぎて涙が込み上げてきた。

「警察官なのに卑怯だとか、前に俺のこと罵ってなかったっけ？」

彼が悪戯っぽく目を光らせて弄ってきたので、慌てて弁解する。

「あ、あれは柊吾さんのことよく知らなかったから。でも、今は……意地悪だけど、あったかい人だってわかってます」

「本当に？　まだ詐欺師って思ってないのか？」

「思ってたら抱いてくれなんて頼みません。こ、こんなこと言ったの初めてなんですからね」

少し照れながらも彼にそう言ったら、思わぬ言葉を返された。

「俺も莉乃しか抱きたくない」

「柊吾さん……」

もう死んでもいいかも。私が妻でいる間だけだとしても嬉しい。

柊吾さんはもう一度私の脚の傷跡にキスをすると、脚を開かせて中心部を念入りに愛撫した。

「少し痛いと思うけど、我慢できなければ言えよ」

そう声をかけて、慎重に身体を重ねてくるけれど、やはり初めてだけあってすんなりとはいかない。

ギュッと目を閉じて痛みを我慢していたら、彼が心配そうな声で確認する。

「痛いか?」

「ちょっと」

少し目を開けて苦笑いしながら答えるが、本当はちょっとどころじゃなかった。かなり痛い。

でも、本当のことを言ったら、きっと彼は躊躇なくやめる。柊吾さんは動くのをやめて私の様子をじっと見ている。彼に考える時間を与えてはいけない。

「……続けて。柊吾さん、手……繋ぎたい」

痛みを抑えるために彼はスーッと息を吐きながら、彼にお願いした。

「ああ」と返事をして彼は手を握り、そのまま行為を続ける。

爪の痕がつきそうなくらい彼の手を握り返して痛みをこらえていると、彼が私の中に少しずつ入ってきて、ようやくひとつになった。

「これで本当に柊吾さんの奥さんになりましたね」

嬉しくて自然と笑みが溢れる。

そんな私を柊吾さんがハッとした表情で見つめたかと思ったら、「よく頑張ったな」とキスをしてきた。

ああ……とっても甘い。チョコレートみたいに蕩けそう。

私が慣れてくると、彼が激しく腰を打ちつけてきた。

まるで所有欲を示すかのよう。

怖いとは思わなかった。

私を求めてほしい。
もっと、もっと——。
最高潮に達して、全身から力が抜けていく。
果てて動けず、意識も朦朧《もうろう》としている私を柊吾さんが抱きしめて囁く。
「もう一生離してやらないから覚悟しろよ」
意識が遠のいて、その極上に甘い囁きが現実だったかどうかはわからない。
多分私の妄想だろう。
だって彼に好きだとは言われていない。
それに……私は仮初の妻なのだから——。

緊急事態 ― 柊吾side

「華子さん、貧血大丈夫でしょうか？」

「心配することはない。家政婦だっているし」

きっと今頃、家でのんびりティータイムを楽しんでいるだろう。

莉乃を抱いた二日後、俺と莉乃は聖地巡礼のため、北陸新幹線に乗っていた。

本当は祖母と莉乃のふたりで行くはずだったけど、今朝祖母が貧血で倒れたと秘書の片桐さんから連絡があり、急遽俺が同行することになったのだ。

本来仕事があったのだが、祖母が圧力をかけたのか、警視総監から直々に『久世くん、休暇を取りなさい』と命が下った。

確かにここ何年も年次休暇を取っていなくて、上から常々取得するように言われていたからいいタイミングだったのかもしれない。

「だといいですけど。なんか……すみません。私の聖地巡礼に付き合ってもらって」

突然俺が同行することになって恐縮する彼女に、優しく微笑んだ。

「いや、俺も息抜きになってちょうどよかったよ」

「柊吾さんと初めての旅行ですね、ふふっ。この車両に私と柊吾さんしかいないなんてついてますね」

俺の言葉を聞いてホッとしたのか、彼女が嬉しそうに頬を緩ませる。

莉乃が言うようにこの車両には俺と彼女しか乗っていない。彼女は無邪気に喜んでいるが、十中八九祖母の仕業だろう。

「ああ。落ち着いたらちゃんとまとまった休みを取って、どこか莉乃の好きなところに連れていくから」

もう形だけの夫婦ではない。

新婚旅行には連れていきたいと思ったし、彼女の負担にならないような式を挙げることも考えていた。

「嬉しいですけど、無理はしないでくださいね。柊吾さんと旅行しなくても、一緒にいられるだけで楽しいですよ」

俺を見つめて小さく笑みをこぼす彼女は、本当に欲がないなと思う。

久世の名前も彼女にとってはどうでもいいんだな。

「俺としてはもうちょっと我儘を言ってほしいな。まだ俺に遠慮してるだろ？　金だって、ほとんど使わないよな」

「私も働いていますし、そんなにお金を使う必要ないっていうか……。それに、我儘って言われても困ります」

ジーッと俺を見て困惑した表情を浮かべる彼女に言い直した。

「じゃあ、俺にお願いしたいこととかないのか？」

「お願い……ですか？　う〜ん、強いて言えば……あっ、やっぱりいいです」

顎に指を当てながら考えて、なにか思いついたようだったが、彼女はちょっと頬を赤らめて遠慮する。

「あるんだろ？　途中まで言いかけてやめられると気になるんだが」

莉乃の頬に手を当てて問うが、彼女はブンブンと首を左右に振った。

「いやいや、そのお気持ちだけでいいです」

こういう時の彼女は結構頑なだ。

「言わないなら、ここでキスをする」

顔を近づけて迫れば、彼女がかなり動揺した。

「え？　ちょ……ここ新幹線の中ですよ。さっきもうすぐ長野《ながの》に停車するってアナウンスが流れてましたし、誰か入ってきたら……」

「次の停車駅まであと二分はある。キスするには充分な時間だと思うが」

そもそも祖母がこの車両を貸し切りにしているから、誰も入ってこないだろう。

チラリと時計を見て伝えると、彼女は二分で終わるはずがないと思っているのか、観念した様子で言う。

「わ、わかりました。言います。でも、引かないでくださいね。絶対ですよ」

言うのにかなり勇気がいるようで、彼女がしつこく念押ししてきて苦笑いした。

「引くわけない。だから言ってみろ」

「あの……朝、マンション出る前にギューッとしてほしい……です」

まるで告白でもする女子学生のように伏し目がちに告げるのを聞いて、拍子抜けした。

「なにを言うかと思えば、そんなちっぽけな願い……いや、そもそも願いにもなってないじゃないか」

それに、この前俺に抱けとせがんだくせに、なぜそこは恥ずかしがるのか。

「ちっぽけじゃありませんよ。それで一日元気でいられるんですから、すっごく重要です」

拳《こぶし》を握って反論する莉乃の剣幕にいささか驚いた。

「俺にギュッとされるのがそんなに効果があるのか？　お守りよりすごくないか？」

「ええ。お守りよりすごいですよ。だって、お守りは抱きしめてくれないでしょう?」

彼女に笑顔で問い返されて、思わず苦笑いする。

「……つくづく欲がないな」

「やっぱり引いてますね。でもある意味強欲ですよ。お金じゃ絶対に買えませんから、とっても贅沢なんです」

力説する彼女を見ていたら、とても愛しくなって、たまらずこの腕に抱きしめた。

「しゅ……柊吾さん、駅に着いたら人が……!」

「莉乃の願いだろ?　文句は言わせない」

クスッと笑いながら、邪魔になっていた肘掛けを上げてさらに強く彼女を抱きしめる。

だが、それだけでは満足できなくて、莉乃の顎を掴んで口づけた。

抵抗する気がなくなったのか、目を閉じて俺のキスを受け入れる彼女。

だいぶ俺に慣れたような気がする。

彼女が欲しくてキスを深めようとしたら、新幹線が駅に停車していてハッとした。

渋々キスを終わらせて抱擁を解くと、莉乃が「……ん?」と怪訝な顔をして目を開け、ホームにいる人たちを見て青ざめた。

再び新幹線が発車すると同時に、莉乃が俺に泣きつく。

「しゅ、柊吾さーん……」

「いつの間にか停車駅に着いたみたいだな。だが、知り合いなんかいないと思うから気にするな」

莉乃の狼狽えぶりがおかしくてククッと笑って慰めの言葉を口にすると、彼女は俺の胸板をボコボコと叩いた。

「着いたみたいだな……じゃないですよ～。柊吾さん、もう……恥ずかしいです……」

「莉乃だってやめなかったじゃないか」

そう切り返すと、彼女は気まずそうにゴニョゴニョと口ごもる。

「だって……ギュッとされたら……頭がふわってなって……なにも考えられなくなったんです」

今度は顔を赤くしている彼女を見て、もっと抱きしめたいと思う。

素直で、心が綺麗で、一緒にいると俺の荒《すさ》んだ心まで浄化されていく気がする。

「俺も同じように感じた」

俺と莉乃のことしか頭になかった。

「嘘？　柊吾さんも？」

俺の告白に、彼女が意外と言いたげに声をあげた。

「ああ」と返事をすると、ズボンのポケットに入れておいたスマホがブルブルと震えた。確認すると、松田からの着信。

「ちょっと電話してくる」

莉乃に声をかけ、デッキに移動すると、スマホを操作して電話に出た。

「なにかあったか？」

《ああ。緊急事態だ》

いつになく松田の声が緊迫している。一体なにがあったのか。

「緊急事態？」

《たった今テロ犯の犯行声明が届いた。お前が乗ってる新幹線に爆弾が仕掛けられている》

「この新幹線に？　だったらすぐに停めて乗客を降ろすよう指示を……！」

指示を出せと言おうとしたら、松田に遮られた。

《それがダメなんだ。もし終点の金沢《かなざわ》以外の駅で停めれば、その時点で爆破させるって。あと乗客にも知らせるなってな》

「乗客を降ろすこともできなければ、爆弾処理班も呼べないわけか。爆弾はどこに仕掛けられているんだ？」

《客席のどこかだそうだ》

「どこか……ね。大したヒントだな。爆発する時間は知らせてきているのか？」

《金沢到着時間の午後一時三十六分》

松田の返答を聞いて、腕時計を確認する。

今、十二時四十分……。

「あと一時間弱……か。時間が全然足りない」

常に冷静にといつも自分に言い聞かせている俺だが、さすがにこの状況に動揺せずにはいられなかった。

そんな俺の心情を察してか、松田が真剣な声で続けた。

《久世がやるしかない。お前ならできる》

それにしても俺の乗っている新幹線に爆弾を仕掛けるなんて、犯人につけられていたのだろうか？　いや、そんなはずはない。怪しい気配なんて感じなかった。

だが、タイミングがよすぎる。俺が新幹線に乗るのは犯人には想定外だったはず。

なにかが引っかかる。

「鉄道会社に金沢まではなにか理由をつけて通過しろと連絡してくれ。あと、中にいる職員に協力を頼んでほしい」

《わかった。見つけたら知らせてくれ》

「ああ。今から探す」

松田との通話を終わらせ、自分たちの車両に戻ると、ズボンのポケットから家の鍵を取り出し、わざと床に落として大きく蹴った。

それに気づいた莉乃が「あっ」と声をあげ、通路の奥の方へ転がっていく鍵を見つめる。

「ずいぶん遠くに転がってしまったな」

莉乃に目を向けわざと苦笑いしてみせると、車内のシートを確認しながら身を屈めて鍵を拾い上げ、席に戻った。

十二号車に爆弾はない。

「鍵、大丈夫でした？」

俺に尋ねる莉乃に「ああ」と頷いて鍵を見せ、ポケットにしまった。

そのまま自分の席には座らず、スマホを手にして彼女に伝える。

「悪い。また電話だ」

それは嘘。すぐに車両を出て、隣の十一号車に不審物がないか確認した。しかし、それらしきものはない。

他の車両も確認していくけれど、爆弾は見つからず焦りを感じた。

一体どこに仕掛けたのか。

四号車で車掌《しゃしょう》とすれ違い、「すみません」と声をかけてデッキで警察手帳を見せると、車掌が緊張した面持ちで俺に報告する。

「輸送指令から連絡がきて一号車から見回っていますが、不審物らしきものはなにも」

不審物がなかった？

爆破予告が悪戯という可能性もあるが、今その判断をするのは危険だ。

「こちらもです。見落としがあるかもしれないので、お互い全部の車両を確認しましょう」

俺の言葉に車掌が頷く。

それから一号車まで調べて回ったが、爆弾らしきものはなかった。

全部調べたのに……おかしい。……待てよ。

不意に脳裏に数日前犯人が俺に送ってきたメッセージが浮かんだ。

【久世柊吾。今日のはほんのお遊びだ。また近いうちに爆弾を仕掛ける】

犯人の標的は俺だ。……とすると、十二号車に爆弾があるのではないだろうか？

さっき見た時は見つからなかったが、俺が車両を移動している間に仕掛けられる可能性だってある。

だとしたら莉乃が危ない！

顔から血の気が一気に引くのを感じつつも、走って十二号車まで向かう。

途中車掌とすれ違い、「工具を十二号車に持ってきてください」と口早に声をかけ、返事も聞かずにそのままダッシュする。

グズグズしている時間はない。

仕掛けられた爆弾が犯行声明の時間よりも前に爆発する恐れがある。

十二号車へ行くと、莉乃が俺を見て怪訝な顔をした。

「柊吾さん、遅かったですね。どうしたんですか？　そんな息急き切って」

「誰か来たか？　……この犬は？」

通路を挟んで向かい側の席に、茶色いケージに入れられた子犬がいた。

「車掌さんが来て、ちょっとここに置かせてくれって」

莉乃の説明を聞いて、怪しいと思った。

車掌はまだ十二号車まで見回っていないはず。

ケージを調べると、中にいる犬の背中に爆弾らしきものがつけられていた。

蓋《ふた》を開けようとしたら、「信号機の故障のため、富山《とやま》駅は通過します」と車内アナウンスが流れた。

俺の指示通りだ。これで、終点の金沢まで止まらない。

あとは爆弾の処理。莉乃を遠ざけないと……。

「信号機の故障なんて……。富山で降りる予定だった人大変ですね」

アナウンスを聞いてそんな発言をする莉乃に、「そうだな」と返しながら喉に手を当て、顔をしかめた。

「柊吾さん？　喉、どうかしたんですか？」

俺の様子を見て少し心配そうな顔をする彼女に、どこもおかしくもないのに喉の違和感を訴える。

「ああ。ちょっと喉がイガイガするんだ」

「じゃあ私、車内販売を見つけてなにか飲み物買ってきますね」

優しい彼女は俺の演技を信じて、バッグを持って車両を出ていく。

これでいい。頼むからしばらく戻ってくるなよ。

犬につけられている爆弾の大きさだと、せいぜいこの車両を爆破する程度だろう。

だが、俺の読みが外れている可能性もあるし、爆風で他の車両も吹き飛ばされる恐れもある。それでも、この車両にいるよりはまだマシだ。

彼女の後ろ姿を見送ると、ケージから犬を出して優しく撫でた。

「ちょっと大人しくしていてくれ」

犬の背中から慎重に爆弾を外し、犬を再びケージに戻す。

「お前も必ず助けてやるからな」

そう犬に声をかけると、爆弾を手に取った。

この爆弾は最近の爆破テロで使用されているものと同じタイプ。これなら俺でも解除できるかもしれない。

多分、犯人は俺を試しているのだ。爆発させるのが目的であれば、過去に失敗に終わっている爆弾と同じものは使わないだろう。俺が慌てふためく様を見たいに違いない。ケージを持ってきた車掌というのが犯人ならば、まだこの新幹線にいるはず。

松田に連絡を入れようとしたら、車掌が手に工具を持ってやってきて、俺に手渡した。

「爆弾は見つかりましたか？」

「ええ。石川《いしかわ》県警に連絡を。あと、この車両には誰も近づけないでください」

手短に指示を出すと、車掌は「はい」と返事をして車両を出ていく。

「早く爆弾を解除しないと……」

スマホで爆弾の写真を撮って松田に送り、彼に電話した。

「松田、爆弾を見つけた。爆弾の画像が届いただろ?」

《ああ。今担当者に送った》

「爆弾処理班につないでくれ。爆弾を解除する」

《了解》と松田が返事をして担当者につなげるが、その時間を待つのも惜しかった。

スマホの時刻表示では、爆発まであと十分しかない。

早く、早く、電話に出てくれ。

一分ほどしてやっと担当者が電話に出て、その指示に従いながらコードを切っていく。

《その赤いコードを切ってください》

担当者に言われるまま赤いコードを手に取るが、ニッパーを使って切断しようとすると手が震えた。

警察官の仕事をしていて手が震えたのは初めてだ。それは多分、莉乃もこの新幹線に乗っているからだろう。

もし俺がミスして彼女が死んでしまったら……と考えてしまうのだ。

仕事に私情は禁物。冷静な判断ができなくなる。

そう自分に言い聞かせようとしたが、考えを変えた。

冷静になろうとするから逆に手が震えるんだ。今の俺にとって誰よりも大切な莉乃のことを頭から消せるわけがない。しっかりしろ。

『もう一生離してやらないから覚悟しろよ』と彼女に言ったじゃないか。

俺の手で彼女を守れ。

意識を変えると不思議と集中できた。手の震えもなくなり、順調に処理を進めていく。

《……最後にそのコードを切れば止まるはずです》

電話から聞こえてくる指示通りにコードを切ると、爆弾についていたタイマーカウンターが止まった。

ハーッと息を吐き、「解除できました」と伝え、松田に電話を代わってもらうよう頼んだ。

処理した爆弾を隣の座席にそっと置く。そして、座席のシートに寄りかかった。

極度の緊張を強いられ、額には汗が滲んでいる。

時計を見ると、午後一時三十四分。

間に合ってよかった。本当に。

《久世、解除できたって？》

松田の安堵した声が聞こえて、「ああ」と小さく笑って返す。

《お疲れ。やっぱお前、すごいわ》

松田が俺を褒めるが、気を引き締めて彼に告げた。

「車内に犯人がいるはずだ。まだ鉄道会社の制服を着ているかもしれない。逃がすな」

まだ事件は終わっていない。なんとしても犯人を捕まえないと。

松田に指示を出すと、彼が《了解。今、金沢駅のホームで待機してるよ》と返事をした。

莉乃には悪いが聖地巡礼どころじゃなくなったな。

「わかった」と言って通話を終わらせたその時、車両のドアが開いて莉乃が飛び込んできた。

「柊吾さん！」

恐らくなにか異変に気づき、車掌の制止を無視して戻ってきたのだろう。

「一体なにが……⁉」

処理した爆弾を見て、莉乃が一瞬固まる。

「なんでもないって言いたいところだが、ちょっとトラブルがあったんだ」

ごまかせないと思って苦笑いしながら説明すると、彼女が俺に向かって怒った。

「ちょっとどころじゃないでしょう！　どうして私になにも言ってくれなかったんですか！」

「危険な目に遭わせたくなかったんだよ」

宥めるように言うが、彼女は泣きながら俺を責めて抱きついてきた。

「もしものことがあったら……。私……結婚したばかりで未亡人なんて嫌ですからね」

「わかってる。未亡人になんてさせない」

莉乃の頭を掴んで、俺の胸に抱き寄せる。

もし爆弾を見つけられなかったら、彼女も俺も死んでいたかもしれない。

そう考えるとゾッとした。

「心配かけてごめん」

莉乃が俺の背中に手を回すと、新幹線が金沢駅に到着した。ホームには警察官が二十名ほどいる。

新幹線のドアが開くと同時に、松田、水城、それと数名の爆弾処理班が入ってきた。

「やあ、どうも、どうも、久世の奥さん。俺、久世の親友で松田っていいます。よろしくね」

軽い調子で言って莉乃の手を握る松田の手を叩き落とす。

「許可なく俺の妻に触れるな」

「おおー、やっぱ独占欲強いね」

ニヤニヤする彼を「仕事をしろ」と言って睨みつけていると、今度は水城が値踏みするように莉乃を見てチクリと嫌みを言う。

「彼女が久世くんの奥さんなの？　全然久世くんに相応しくないわね」

「え？　……あの？」

面食らっている莉乃に代わって、水城に言った。

「水城、お前には関係ない。鉄道関係者に乗客をまとめて避難させるよう指示を」

「……わかったわよ」

不貞腐れながらも、水城は俺の命令に従い出ていく。

「あれは誰が相手でも同じことを言うから、気にしなくていい」

莉乃を気遣って言葉をかけると、彼女が「はい」と小さく頷いた。

「そうそう。奥さん気にしないでね。で、その犬に爆弾が仕掛けられてたのか？」

ケージと処理した爆弾に目を向ける松田の言葉に頷く。

「ああ」

それからすぐに爆弾処理班にケージを預け、乗客を避難させた。

乗り込んだ捜査官が犯人を探したが、目ぼしい人物はいなかったらしい。莉乃も犯人の顔は見ていなくて、見つかったのは犯人が着ていたと思われる鉄道会社の制服と車内に仕掛けられた小型カメラだけ。制服は授乳室に脱ぎ捨てられていたそうだ。

結局犯人にいいように遊ばれただけだった。犯人は小型カメラを通じて爆弾を処理する俺を見ていたはず。

すぐに東京に戻ろうとしたが、松田に止められた。

「久世はこのまま旅行を続けろ。犯人の狙いはお前だ。お前が奥さんと楽しんでいる姿を見たら、またなにか仕掛けてくるかもしれない」

莉乃に聞かれぬよう俺の耳元で声を潜めるのを聞いて、顔をしかめる。

それは俺と莉乃を囮《おとり》にするということ。俺だけならいいが……。

「だが、それではまた妻を巻き込む」

ためらう俺に向かって松田は不敵に笑った。

「心配するな。俺たちが警護するから、犯人らしき人物がいれば必ず確保する。俺たちに任せろよ」

彼の目は俺に信じろと言っている。

「わかった」

東京に戻っていつ行動を起こすかわからない奴をじっと待つよりは、罠を張った方が捕まえやすい。

「ってことで、奥さん、久世との旅行、楽しんでください。もう安全ですから」

俺との話がつくと、松田は莉乃の方を向いて口調をやわらげた。

「……はあ。どうも」

松田のノリについていけず、莉乃は苦笑いしながら返事をする。

新幹線を降りると、俺と莉乃は福井方面に向かう特急列車に乗った。同じ車両に捜査員がいたが、犯人が見ているかもしれないので視線は合わせなかった。

「もうすっかり夕方だな。巻き込んで悪かった」

金沢駅に四時間もいたのだ。精神的にも肉体的にも疲れているはず。

「なに言ってるんですか。爆発しなくて本当によかったです」

ニコッと微笑む彼女の顔を見て、犯人を誘い出すためにふたりで旅行を続けることに罪悪感を抱いた。

「ああ。そうだな」

無事だったことを実感しながら頷くと、彼女が俺を見つめて遠慮がちに言う。

「あの……お願いが、まだ身体が緊張してて……手を握ってもらってもいいですか？」

爆弾騒ぎに巻き込まれたのだから怖いのだろう。俺でさえまだ身体が強張っている。

「だから、お願いなんてしなくていい」

莉乃の肩を抱き寄せて身体を密着させると、空いた手で彼女の手を握る。

「ふふっ、あったかいです」

犯人の動きを警戒して気を張っていたが、莉乃が嬉しそうに笑うからこちらもつられて笑顔になる。

「手を繋いだだけなのに幸せそうだな」

「幸せそうじゃなくて、幸せなんです」

莉乃はギュッと俺の手を握り返して、訂正した。

そんな彼女を見て心に誓う。

この笑顔をなにがなんでも俺が守る――。

「わ〜、柊吾さん見てください。目の前が海ですよ〜」

部屋に入ると、窓からは日本海が望めた。

日本海といえば荒れ狂う海のイメージがあったけど、目の前の海はとても穏やか。微かに聞こえる潮騒《しおさい》に癒やされる。

空には星が見えて、なんだかロマンチックな感じ。まるで部屋が海の中に浮かんでいるよう。窓を開けたら海にそのまま飛び込めそうだ。

福井に着いた私と柊吾さんは、タクシーに乗って海沿いにある温泉宿にやってきた。

「すっかり暗くなってしまったな。本当はもっと早く着いてたはずなのに。ごめん」

窓の外を見て、彼が少し残念そうな顔で言う。

「謝らないでくださいよ。とっても素敵な宿ですね。連れてきてくれてありがとうございます」

実はこの宿を選んだのは柊吾さんだ。私と華子さんに寛いでもらおうと、評判のいい宿を探して予約してくれたのだと華子さんがさっきメッセージで教えてくれた。

金沢行きの新幹線で不審物が見つかったことがもうニュースになっていて、華子さんが心配して連絡してきたのだ。

柊吾さんの指示なのか、爆弾のことは伏せられていた。

「お食事すぐにお持ちしますね」

部屋に案内してくれた仲居さんがそう告げて出ていく。

和モダンな部屋にはリビング、寝室、書斎があって、地元特産の和紙を使った照明がなんとも趣があって心が和む。ヒノキの露天風呂もついていて、とても贅沢だ。

一泊いくらするのだろう。十万じゃすまない気がする。仲居さんの話によると、宿に全十室ある部屋の中でここが一番豪華とか。

値段が気になって柊吾さんに聞いても、華子さんが払ったと言って教えてくれない。

「お食事って聞いた途端、お腹が空きました」

お腹に手を当ててる私を見て、彼がクスッと笑う。

「いっぱい料理が出てくるから、たくさん食べるといい」

「やっぱり冬の福井の味覚といったらカニですよね」

テンション高く言うと、横にいる彼が私の頬に触れてきた。

「すごく笑顔になってる」

ああ、この顔……好き――。

極上に甘い顔。

最初は斗真さまに似ているって思っていたけど、今はもう違う。

彼は九条斗真じゃない。彼は久世柊吾。この世にたったひとりしかいないのだ。

なんだか無性に彼にキスしたい。

柊吾さんの肩をギュッと掴んで背伸びしてキスしたら、彼が微かに目を見開いて私を見つめたが、すぐに私の背中に腕を回して熱く口づけた。

金沢に着いた時からずっとこうしたかった。彼とキスをして安心したかったのかもしれない。

だって、爆弾は爆発しなかったのに、彼はまだどこかピリピリした様子でリラックスしていない。ひょっとしてまだなにか警戒しているのかも……と勘繰ってしまう。

彼の首に手をやり、目を閉じて彼のキスを受け止める。

もっと彼に近づきたい。もっと……。

夢中で彼のキスに応えていたら、コンコンとノックの音がしてハッとして目を開けた。すると、柊吾さんはキスをやめて「はい」と返事をする。

急に現実に戻り、カーッと顔が熱くなった。

もうすぐ夕食だってわかってたのに、自分からキスするなんて、なにをやってるの。

「莉乃、食べよう」

柊吾さんが私の肩をポンと叩く。

テーブルの上には、茹でガニ、牛ステーキ、刺し身の舟盛り、おろしそば、カニ飯など海の幸、山の幸をふんだんに使った料理が並んでいる。

料理を運んできた仲居さんの姿は、私があたふたしている間に消えていた。

「……はい」

熱い頬に手を当てながら小さく返事をすると、彼が楽しげに目を光らせた。

「それにしても莉乃からキスされるなんて思わなかったな」

「すみません。わ、忘れてください」

きっと引いたに違いない。だってキスした時、ビックリしてたもの。

「忘れるわけないだろ？　莉乃から求めてくれて嬉しいよ」

「……嘘。嫌いにならないでくださいね。あんな自分初めてで……、反省してます」

「なんで？　積極的な莉乃も好きだよ」

彼の言葉を聞いてますます顔が赤くなる。

「あ～、ホント言わないでください。顔から火が出ます」

「わかった。わかった。料理が冷めるからひとまず食べよう」

柊吾さんと並んで席に着く。

対面に座るよりも、彼を近くに感じられてこの方が私は好きだ。

キスの効果か、ずっと強張っていた柊吾さんの表情がやわらいだ気がする。

「すごく見事なカニ」

目の前にあるカニをしばし見つめると、いただきますをして手を伸ばす。

だけど、殻が結構硬くて身を出すのが難しい。

「えい！」と声をあげながらカニと格闘していたら、柊吾さんが助けてくれた。

「貸してみろ」

綺麗にカニの身を取り出す彼を見て、思わず感心する。

「おお。慣れてますね。なんかお母さんみたい」

私のコメントを聞き、柊吾さんがおもしろそうに笑う。

「お母さん……か。よく会食で出てくるから食べ慣れているだけだ」

ああ。そうでした。彼は久世家の人間だった。

剥いてくれたカニの身を口に入れ、幸せに浸る。

「なんだか日本海に来たって実感します」

「それはよかった」

私を見つめ、彼がゆっくりと微笑んだ。

美味しい食事を堪能し、広縁の椅子に座って景色を眺めていたら、別室で電話をかけていた柊吾さんが戻ってきた。

「風呂、先に入ってきたらどうだ？　そこにずっといたら寝そうだ」

「そうですね。先にお風呂いただきます」

素直に彼の言葉に従い、浴室へと向かう。

食べすぎたせいか、脱衣場で服を脱いで鏡を見ると、お腹がかなり膨れていた。

これは誰にも見せられない。お風呂に入れば少しは凹むだろうか。

タオルを持って浴場に入れば、空には月が浮かんでいた。

目の前は静かな海。それにヒノキ風呂だし、なんて贅沢なんだろう。

でも、冬だから寒い。全身鳥肌が立っている。早くお風呂に入らないと。

素早く身体を洗うと、湯船に浸かった。

お湯は少し熱めだけど、外が寒いからちょうどいい。

フーッと息を吐いて湯船の背にもたれるが、今日の爆弾事件のことを思い出し、身体が強張った。

あれは夢じゃなくて現実。もし爆発していたら、ここにはいなかった。

改めて彼の仕事の危険性を再認識した。

彼はいつだって危険に身を置いている。ストイックなまでに仕事に身を捧げている彼を見ていると、不安にならずにはいられない。

私がいたら少しは自分の身の安全も考えてくれるだろうか。

ちょっと離れただけなのに、ひとりになるといろいろ考えてしまって落ち着かなかった。あんなことがあったから彼を失うんじゃないかって怖いんだ。

それに、今日彼の同僚に会って落ち込んだ。

『彼女が久世くんの奥さんなの？　全然久世くんに相応しくないわね』

背が高くて美人な女性警察官にそう言われて、ショックだった。

だけど、彼から離れたくない。だって、私は柊吾さんが好き――。

会って一カ月も経っていないのに、こんなにも大事な存在になっているなんて……。

柊吾さんの顔が早く見たくてお風呂から上がると、脱衣場に置いてあった浴衣に袖を通し、素早く髪を乾かして居間に戻った。

「やけに早かったな。もっとゆっくり浸かってくるかと思った」

広縁の椅子に座ってスマホを見ていた柊吾さんが、私がお風呂から上がったのに気づいて少し驚いた顔をする。

「なんだか柊吾さんの顔が見たくなって……。あっ、私……なに言ってるんだろ。子供みたいですよね。ちょっと離れただけで不安になるなんて」

ハハッと笑ってごまかしたが、彼は椅子から立ち上がって、私をギュッと抱きしめる。

「きっと爆弾のショックが後からきたんだ。大丈夫、俺も莉乃も生きてる」

「柊吾さん……」

「少しお酒を飲んだら気分が楽になる」

柊吾さんはそう言って、私を椅子に座らせ、ミニ冷蔵庫から冷酒を出してきた。

「今日は飲んでいい」

グラスにお酒を注いで彼は私に手渡す。

彼のお許しが出たので、「……はい」と返事をしてお酒を口に運んだ。

冷たいのに喉を通るとカーッと胸が熱くなる。

たった一口でこうなる私って、つくづくお酒が弱いんだと思う。

「莉乃はすごいよ。車掌の制止を無視して俺たちの車両に戻ってきたんだから。だが、次はたとえ俺がいても戻ってくるな」

そう。喉の調子が悪い柊吾さんのために飲み物を買った後、車両に戻ろうとしたら車掌さんに止められた。でも、彼のことが気になって制止を振り切ったのだ。

柊吾さんが少し表情を硬くして注意してきたが、『はい』とは言わなかった。

「それは約束できません。だって不安になるじゃないですか。……でも、私はなにもできなくて……。柊吾さんの同僚の水城さんくらい私がしっかりしていたら、もっと柊吾さんのお役に立てたのに……」

持っていたグラスを見つめ、ギュッと唇を噛んだ。

役立たずの自分が腹立たしい。

彼が新幹線の中で喉の不調を訴えたのは、私に飲み物を買いに行かせて遠ざけるため。私は一緒にいたのに、彼に頼りにされなかった。

「役に立とうとしなくていい。それに、どうして水城が出てくる？　まだ彼女が言ったこと気にしてるのか？」

「だって……彼女はあんなに美人で有能そうで……。彼女のような人が柊吾さんの奥さんに相応しいんじゃないかって……」

そもそも私は彼がもう見合いをさせられないために選ばれた女。

お酒のせいか、本音が口から出る。

「水城はただの同僚だ。それ以上でもそれ以下でもない。俺の方こそ莉乃を守れるようもっと強くならないと……って思ったよ」

柊吾さんのように完璧な人でもそんなことを思うんだ。

意外に思ってグラスから顔を上げて柊吾さんに目を向けると、彼は自嘲気味に笑っていた。

「柊吾さんは強いですよ。でも、たまには私に甘えてくださいね。頼りないかもしれないですけど」

落ち込んで彼を困らせて、私ばかり甘えていちゃダメだ。彼にも頼ってほしい。

柊吾さんの目を見つめて言ったら、彼が嬉しそうに笑って返した。

「充分甘えてる」

「本当に？」

「ああ。本当だ。……俺が警察官になったのは、実の母をテロで亡くしているせいなんだ」

柊吾さんが初めて自分の話をする。華子さんから彼の母親のことを聞いていたから、あまり驚きはしなかった。

「そうだったんですね」

柊吾さんの話に静かに相槌を打つと、彼は少し目元をやわらげて続けた。

「危険な任務だし、家族なんて必要ないと思ってた。莉乃に会うまでは……」

「今はどう思ってますか？」

「莉乃を……家族を守るためにテロをなくしたいと思ってる」

なにかを達観したような顔で彼がそう告げる。

彼が考えを変えてくれたことが嬉しかった。

「莉乃……目がトロンとしてきたな。寝室で寝た方がいい」

柊吾さんは私の頬に手を当ててクスッと笑うと、私を抱き上げてベッドに運ぶ。

「俺も風呂に入ってくるから先に寝ていろ」

私の頭を撫でて浴室に行こうとする彼の腕を思わず掴んだ。

「莉乃？」

柊吾さんが問いかけるように私の名前を呼んだので、ハッとしてすぐに手を離した。

「……ごめんなさい。なんでもないです」

なにをやっているんだろう、私。

彼だってお風呂に入ってリラックスしたいはず。

同じ部屋に泊まっているのに彼が離れて不安になるなんて、ホント小さな子供と一緒だ。

「行かないでって顔してる。いてほしいのか?」

「……大丈夫です」

「莉乃、答えになっていない。はいかいいえで答えてくれればいい」

「……はい」

俯きながら答えると、柊吾さんは私の顎を掴んで上を向かせ、ゆっくりと口づけた。

最初はキスで私を安心させて眠らせようとしたのかもしれない。

でも、彼はすぐにキスを終わらせなかった。

優しかった口づけは次第に激しくなり、私もお酒が入っていたせいか、いつもより大胆になっていて、お互い貪《むさぼ》り合うようにキスを深める。

触れ合っていれば不安を感じずに済む。

もっと、もっと彼を感じたい。

身体を柊吾さんに密着させたら、彼が突然私の両肩を掴んで引き離す。

「これ以上はダメだ。自分を止められなくなる」

熱を帯びた彼の瞳は私を欲していた。

「止めなくていい……です」

暗に抱いてほしいと伝えるが、彼は私を気遣ってためらう。

「身体、初めてだったし、まだつらいんじゃないのか？」

私の身体の心配をするなんて、やっぱり彼は優しい人だ。

今日の新幹線の中でも、私を守ろうとした。

「もう大丈夫です。私、そんなにやわじゃないですから」

ニコッと笑ってみせても、彼はまだ確認してくる。

「無理してないか？」

過保護なくらい心配性の彼がとってもかわいく思えた。

考えてみたら、初めて彼と身体を重ねた時、抱いてとはせがんだけれど、好きだとは言っていないんだよね。

ただ、彼から離れたくない。それしか頭になかった。

だから、柊吾さんに抱かれたら、もっと彼に近づけるんじゃないかって、あの時は思って……。

今思えばすごく大胆だったけど、彼が好きだからできたこと。

柊吾さんは私を大事に抱いてくれたし、情熱的に愛してくれた。

私では釣り合わないとしても、一緒にいたい。自分の気持ちをはっきり伝えなきゃ。

「無理してません。私……柊吾さんが好きです。誰よりも」

柊吾さんの目を見つめて訴えた。

一世一代の告白。

私には脚の傷跡もあって、恋愛も結婚も諦めていた。

でも、今は……彼のことは諦めたくない。

「莉乃……」

柊吾さんが私を見つめたまま動かない。相当ビックリしているようだ。

……この反応。迷惑だった？

初めて本気で人を好きになったから、ひとりで突っ走りすぎた？

彼と気持ちが繋がっているような気がしたのは、私の勘違いだったのかもしれない。

「あっ、ビックリさせてしまってごめんなさい。ね、寝ます」

酒の勢いを借りて言ったものの、彼の返答を聞くのが怖くて急にトーンダウンする。

恋愛って難しい。こないだ抱いてくれたのだって、私がお願いしたから仕方なくだったのかも……。

柊吾さんから身を隠すように布団を被ろうとしたら、彼に阻まれた。

「こら、勝手に話を終わらせるな。俺も莉乃が好きだよ」

強引に目を合わされ、彼は優しい声音で自分の思いを口にする。

「嘘？　本当に？」

彼が私の告白に驚いていたから、そんな返事が返ってくるとは思わなかった。

「好きでもない女にキスなんかしない。もうキスだけじゃ終わらないけど本当にいいんだな？」

彼が私のことを好き……？　嬉しくて天に舞い上がってしまいそう。

「い、いいです。今日はずっと柊吾さんのそばにいたい」

急に心臓がドキドキしてきてつっかえながらそう返す私を、彼がギュッと抱きしめる。

「できるだけ優しく抱く。だが、そんな余裕ないかもしれない」

「柊吾さんが……余裕ない……んんっ⁉」

彼が再びキスをしてきて、もう言葉にならなかった。

私の浴衣を脱がし、ブラも難なく取り去られ、身体がスースーする。

上半身裸にされて心許なくて、肩を抱いていたら、彼が私を押し倒して覆い被さってきた。

「また隠すんだな」

柊吾さんに指摘され、彼から視線を逸らしながら言い訳する。

「だってやっぱり恥ずかしいじゃないですか」

「もう初めてじゃないのに？」

確かにそうだけど、裸を見られるのは相手が彼であっても抵抗がある。

「それでも恥ずかしいものは恥ずかしいんです」

なるべく視線を合わせないように答えたら、彼がそんな私を見て楽しげに笑った。

「莉乃って大胆なのか、恥ずかしがり屋なのか、謎だな」

「もうどっちでもいいでしょう？　あの……電気消しちゃダメですか？」

寝室の照明は暗いけど、慣れてしまえば顔の表情だってわかる。

「どうして？　前回はつけててもなにも言わなかったが」

「初めてだったし、脚の傷跡のことがあって、照明を気にする余裕なんてなかったんです」

いくら彼が私の脚の傷跡のことを受け入れてくれていても、愛し合う時は引いてしまうんじゃないかと思って不安だった。

私の主張を聞いて、柊吾さんがすかさずつっこんでくる。

「じゃあ、今は余裕があるんだな。このままでいいと思うが」

「揚げ足取らないでください。これだと裸が見えちゃいます」

必死に反論するも、彼は私の要望を笑顔で拒絶した。

「暗闇じゃあちゃんと抱けないだろ？」

そのセクシーボイスで言うのやめてほしい。耳がおかしくなる。

「でも……」

まだ躊躇していたら、彼が私の両手を掴んだ。

「莉乃、この手邪魔」

「ちょっ……⁉」

「いい眺め」

じっくり胸を見られて、カーッと顔の熱が急上昇する。

「もうそんな見ないでください」

恥ずかしくてギュッと目を閉じたら、私の耳元で彼がクスクス笑った。

「好きな女の裸を眺めてなにが悪い？」

好きな女なんて言われたら、強く抗議できないじゃないですか。

「……柊吾さんの意地悪」

楽しそうな彼にボソッと恨み言を言うと、唇になにか柔らかいものが触れた。

キスされた？

驚いて目を開ければ、数センチ先に彼の顔がある。

「許せよ。俺が裸を見たいのは莉乃だけだから」

色気駄々漏れの声で女殺しのセリフを吐かれ、脳が麻痺《まひ》しそうだ。

言葉攻めでうっとりとしている私の首筋に舌を這わせながら、彼が私の胸を揉み上げる。

「あっ……」

思わず声をあげてしまい口を手で押さえたら、柊吾さんに手をどかされた。

「声、我慢しなくていい。ここ離れだし、もっと莉乃の声が聞きたい」

「……恥ずかしい」

小声で訴えると、彼がニヤリとした。

「どうせそのうち恥ずかしくなくなる」

「それどういう……あん！」

わけがわからず聞き返そうとしたら、彼が私の胸の先端を舌で円を描くように舐めてきて、また声が出た。

だが、それはまだ序章で、柊吾さんは私の胸を口に含み吸い上げると、同時にもう片方の胸を指で刺激してくる。

「――ああん」

甘い痺れが私の身体を襲い、喘ぎ声が止まらない。

執拗に胸を攻められると身体の奥が疼いて、足をもじもじさせながら彼の腕を掴んだ。

「どうした？」

妖しく光る彼の目。

私の身体をおかしくさせた張本人なのに、あえて理由を聞いてくる。

「柊吾さん……」

上目遣いに彼を見て訴えるが、「はっきり言ってくれなきゃわからないな」と返され、じれったさを感じながらせがんだ。

「下も触ってください」

「了解」

ドSモード全開の柊吾さんは満足げに笑って、私の脚の付け根に指で触れてきた。

緩急をつけて刺激されたと思ったら、今度は唇でも触れてきて快感に身を委ねる。

しばらくすると、彼が私の中に入ってきた。

最初はゆっくり動いていたが、私が大丈夫だとわかったのか、そのまま一気に貫かれた。

「あっ……ああん！」

身体の芯が焼けそう。

もう終わりかと思ったら、彼が何度も腰を強く打ちつけてきた。

彼の吐息が肌に触れる。

「莉乃」

甘く名前を呼ばれ、彼の首に手を回してしがみついた。

「柊吾さん」

互いの汗も交じり合い、肌と肌を重ね、彼と上り詰めていく。

身体中の血が沸騰しそう。

クライマックスに達すると、全身が痺れて熱いなにかが私の中に溢れるのを感じた。

激しく抱かれてもう声も出ない。

疲れ果ててベッドに横になる私を柊吾さんは背後から抱きしめ、極上に甘い声で囁いた。

「莉乃、愛してる」

「……乃、莉乃」

耳元で柊吾さんの声がして、ゆっくりと目を開ける。

視界に柊吾さんの顔が映ったが、身体が疲れていてまだはっきり目が開かない。

「うーん、もっと寝る」

柊吾さんに抱きついたら、彼に抱きしめ返され、頭を撫でられた。

「寝かせてやりたいが、あと三十分で朝食だ」

朝食……？

その言葉でようやく目が覚めた。

あっ、仲居さんがくるから起きないと。

柊吾さんが抱擁を解いたので、慌てて起き上がるも、裸だったことに気づいてとっさに布団で胸元を隠す。そんな私を見て、彼がニヤリとした。

「今さら隠しても無駄だと思うが」

「だって……こんな明るいところで見られるなんて恥ずかしい」

俯いてそんな発言をしたら、彼が楽しそうにクスッと笑った。

「昨夜、薄暗くても恥ずかしいって言ってたが」

「うっ、とにかく恥ずかしいんです。察してください」

女心がわかっていない彼に顔を赤くしながら訴える。

「先に風呂に入ってくる。あっ、それとも一緒に入るか？」

柊吾さんが意地悪く誘ってきて、布団で顔を隠した。

「いえ……刺激が強すぎて無理です」

柊吾さんの反応が気になってチラッと彼を見ると、どこか謎めいた笑みを浮かべていて……。

「じゃあ、そのうちに」

ベッドから出た彼が床に落ちている浴衣に袖を通しながら寝室を出ていく。

私はというと、彼の裸を目の当たりにしてひどく動揺していた。

均整の取れた美しい身体。色気が駄々漏れだ。

あ〜、彼の色香でおかしくなりそう。目の毒だわ。

なんだか私が見ているのを知ってて裸を見せつけられたような……。

あの身体に抱かれたのよね。

両手で自分の肩を抱き、しばし柊吾さんと愛し合った余韻に浸る。

彼に愛されたせいか、自分の身体が愛おしく思えてきた。それだけじゃない。心も深く通じ合った気がする。だって、離れても彼を感じるのだ。

まるで彼が私にピタッと寄り添っているみたい。

クスッと微笑し、床に転がっている下着と浴衣を身に着け、髪を手櫛《てぐし》で整えるが、動くのがだるくて苦笑いした。

「彼のお嫁さんになるならもっと体力つけなきゃダメね」

ひとりぶつぶつ言っていたら、十分ほどで柊吾さんがお風呂から戻ってきた。

「莉乃も入ってきたらどうだ？」

「はい」と笑顔で返事をし、入れ替わりに私もお風呂に入る。

身支度を整えて居間に行くと、もう朝食が用意されていた。

高級宿の食事だから味わって食べたいところだけれど、身体が気だるいし、下腹部もちょっと痛くてあまり食欲がない。

「体調悪いのか？」

柊吾さんに聞かれ、少し回答に困った。

「いえ……ちょっと昨夜の疲れが」

弄られるかと思ったけれど、彼は真剣に心配してくれる。

「無理して食べなくてもいい。お粥《かゆ》にしてもらうか？」

「病人じゃないので大丈夫ですよ」

本当に心配性だな。

フフッと笑って返すと、彼が少しホッとした顔になった。


朝食後にタクシーで向かったのは、アニメに出てくる有名な断崖絶壁。

サスペンスドラマの撮影でもよく使われている場所で、一キロに渡る巨大な柱状の崖は圧巻だ。私の推しの斗真さまは、この崖の上からヒロインを突き落とそうとした犯人をカッコよく倒して手錠《てじょう》をかける。

聖地巡礼で来ているアニメファンが結構いて、周辺のお店では斗真さまのアニメグッズも売っているようだ。

ひょっとしてご当地限定グッズがあるのかな？

ちらっとお店の方に目を向けたら、柊吾さんが気を利かせて私に声をかける。

「見てみるか？」

「あっ、でも……」

柊吾さんがいるのにグッズを眺めるのは申し訳ない気がしてためらった。

推しキャラにキャーキャー言うのを見て引かれないだろうか。最初会った時に推し活はしていいって言われたけれど、それは心が通じ合う前だったし。

「俺に遠慮せずに見ればいい」

「いいんですか？」

「奥さんを喜ばすためにここに連れてきたんだ。思う存分楽しめばいい。喜んでる莉乃を見て俺も楽しめるから」

「それ楽しいですか？」

思わずつっこんだら、彼が甘く微笑んだ。

「ああ。この上なく楽しい」

なんだろう、この会話。顔が熱くなるんですけど。柊吾さんって甘いセリフをサラッと口にするよね。

聖地巡礼に来た女の子たちも彼の言葉が聞こえたのか、顔を赤くしている。

お店に立ち寄ると、斗真さまのストラップ、ぬいぐるみ、文房具、お菓子などが並んでいて、思わず三十センチくらいの大きさのぬいぐるみを手に取った。

「華子さんのお土産にこれどうでしょう？　目元なんか、斗真さまというより、柊吾さんに似てますよ」

私の感想を聞いて、柊吾さんが複雑な顔をする。

「……俺にねえ」

「ふたつ買っちゃおうかな。華子さんの分と私の分と」

「ばあさんに必要か？」

彼が渋い顔をするので強く訴えた。

「必要ですよ。華子さん、柊吾さんに会えない寂しさを推し活で紛らわせているんですよ。今度華子さんと三人で食事しましょうね」

笑顔で誘うと、彼は私の圧を感じたのか、仕方ないといった表情で返事をする。

「……あ、ああ」

斗真さまのぬいぐるみや文房具を買って、いよいよ断崖絶壁に向かう。

アニメでもすごい景色だと思っていたのだが、実物は岩がゴツゴツしていてさらに迫力があった。おまけにここに着いてから雪も降りだしていて、アニメの中と同じ状況。晴れていなくて残念ではなく、むしろラッキーだ。

ザッブンと岩に打ち寄せる波の音を聞いていると、荒波の日本海に来たなって実感する。

周囲には団体客もたくさんいて、スマホで写真を撮ったり、崖の下を眺めたりしていた。

「迫力ありますね。アニメの舞台になるのも納得です」

崖の下はどうなっているのか。

足元に注意しながらひとり崖の端に向かおうとしたら、「こらこら勝手に行くんじゃない。傘を差している人もいるし、危ないだろ」と柊吾さんに手を掴まれた。

「ごめんなさい。崖の下が気になってしまって……」

確かに傘にぶつかってバランスを崩したら大事だ。

柊吾さんに支えられながら、崖の端まで歩いていく。

三十メートルの垂直の崖の下は荒れ狂う海。落ちたら確実に死ぬだろう。

そう思うと足が竦《すく》んでゾクッとした。

「柊吾さん、腰が抜けそうです」

「俺としては下手に動かれるより、こうしてじっとしてもらってる方が安心だ」

「柊吾さんがいないとここから動けません。多分」

ハハッと苦笑いしたら、急に柊吾さんが表情を変え、私を抱き寄せた。

「柊吾さん……？」

なんだろうと思って目を向けると——。

「不破さん？」

すぐ後ろに不破さんがいて、柊吾さんが彼を睨みつけている。

「君、危うく彼女が転倒するところだった。背後から近づかれたら驚くだろう？」

鋭い視線で不破さんを見据える彼を見て、ハラハラした。

「すみません。知り合いに会えてつい興奮してしまって」

不破さんが申し訳なさそうに謝るので、気にしないよう笑顔で尋ねた。

「不破さん、ここには一度来たはずじゃあ？」

「こんにちは、櫻井さん。もう一度見たくなって、アニメ好きの友人と来たんですよ」

「そうなんですね。見てて圧倒されちゃいますもんね」

不破さんの言葉に笑って相槌を打っていたら、柊吾さんが私に声をかけた。

「莉乃、吹雪いてきたからちょっと休もう。近くにカフェがある」

前回不破さんに会った時よりも柊吾さんの態度が冷たいように思う。

「あっ、はい」と返事をする私の手を彼が強く掴んだ。

「では、失礼します」

私に口を挟む間も与えず、柊吾さんは不破さんにそう告げる。

カフェに入っても、柊吾さんはどこかピリピリした空気を身に纏《まと》っていた。

「どうかしました？」

柊吾さんの様子が気になって尋ねると、彼は目元をやわらげて微笑んだ。

「どうもしない。ただ莉乃に風邪を引かれては困ると思っただけだ」

彼の笑顔を見てちょっと安心した。

不破さんに冷たいと感じたのは気のせいだった。あんなに険しくて歩きにくい崖の上だったから、私が足を踏み外さないよう少し神経質になっていたのだろう。柊吾さんは心配性だもの。

「なに頼む？」

席に着くと、彼にメニューを見せられた。

「うーん、寒いからココアにしようかな」

メニューを見て少し悩みながらもそう言うと、彼が小さく笑った。

「ブレンドコーヒーじゃないんだな」

あっ、そういえば、彼とホテルのラウンジでお見合いをした時、ブレンドコーヒーを頼んだっけ？

まだ一カ月も経っていないのに、随分前のことのように感じられる。

「よく覚えてますね。柊吾さんはブレンドですか？」

私の言葉を聞いて彼が微かに目を見開き、優しい目をして頷いた。

「ああ。そうする。莉乃もよく覚えてるな」

「運命の人に出会えた日ですから」

彼が些細《ささい》なことを覚えていてくれたのが嬉しい。

本人を前にして悪戯っぽく目を光らせたら、彼は頬杖《ほおづえ》をつきながら甘い目で見つめてきた。

「俺も運命の人に出会えたよ」

お互い目を合わせて微笑み合った。

絶体絶命

「ねえ、どうだったの？　旦那さまとの旅行？」

カウンター業務をしていたら、杏さんがふらっとやってきて、顔をニヤニヤさせながら私に尋ねる。

旅行から帰ってきた次の日の夕方、私はいつものように図書館で仕事をしていた。

旅の疲れはあるけれど、柊吾さんと楽しい時間を過ごせてとっても幸せ。

「なんか肌艶もいいし、雰囲気も今日はちょっと違う」

杏さんがジーッと私を見つめてきてドキッとした。

柊吾さんと身体を重ねたって、顔に出ているのだろうか。

「た、楽しかったですよ。それにお食事もすごく美味しくて、今度はもっとゆったりした日程で行ってみたいです。あっ、お土産、後で渡しますね」

「ありがと。顔に幸せって書いてあるわよ。そういえば、写真撮ってないの？　莉乃ちゃんのハンサムな旦那さまを拝みたいな」

ちょうど周囲に人がいなかったので、ジャケットのポケットからスマホを出して、

「ありますよ」と彼女に旅行の写真を見せた。

なんだか自慢しているようで恥ずかしい。

浴衣姿で寛ぐ柊吾さんの写真を見て、杏さんが黄色い声をあげた。

「なにこの色気！　莉乃ちゃんの周りイケメン多すぎじゃない？　先日会った幼馴染だっけ？　彼もすごいハンサムだったわよ。あ～、私にもイケメン分けてほしい」

「……お菓子じゃないんですから」

ハハッと苦笑いしたら、華子さんがカウンターにやってきた。

「あっ、華子さん、貧血は大丈夫ですか？」

普通にスタスタ歩いて現れた彼女に驚いて声をかけると、杏さんは私に目で合図してこの場を去る。

「ふふっ。実はあれねえ、嘘なの」

華子さんが悪びれた様子もなく告白するものだから、一瞬固まった。

「嘘？」

貧血でなかったのはよかったけれど、柊吾さんが知ったら怒りそう。

「ほら、柊吾って真面目な性格だから自分ではなかなか休みを取らないでしょう？　だから……ね」

悪戯っぽく微笑む華子さんの言葉に、「なるほど」と相槌を打つ。

柊吾さん、私と結婚する前はお休みの日も登庁していたらしいし、これくらい強硬な手段を取らないと休まないんだろうな。

私も彼の仕事の疲れをできるだけなくしてあげなくては。

「華子さん、すみません。今日会えると思っていなかったので、お土産を持ってきていなくて。今度渡しますね」

「あら、ふたりが楽しんでくれればお土産なんていいのよ。ひ孫が早く抱ければ……ふふふっ」

至極嬉しそうに微笑む華子さんの言葉がよく聞き取れず、聞き返す。

「えっ、ヒマ……？　なんて言いました？」

「なんでもないわ。気にしないでね。こっちの話よ」

ほほっと手を口に当て貴婦人らしく上品に振る舞う華子さんを見てキョトンとしていると、彼女が私に顔を近づけて声を潜めた。

「そういえば、金沢駅で見つかった不審物、爆弾だったんですって？　莉乃ちゃん怖かったでしょう？」

ニュースでは爆弾のことには触れられていなかった。柊吾さんが心臓に持病がある彼女に話すとは思えない。恐らく華子さんは顔が広いから警察関係者から聞いたのだろう。

「柊吾さんの同僚が駆けつけてくれたので助かりました」

彼が爆弾を解除したと知ったら、華子さんは腰を抜かすかも。

ハハッと笑って返したら、華子さんは数秒ジーッと私を見つめてきた。

もしかしてなにか隠し事してるって気づかれたかな？

華子さんの視線にドキッとしたが、彼女は「そう。それはよかったわ」と返したのでホッとする。

「私、六時で上がれるので、もしお時間あれば一緒に夕食でもどうですか？　柊吾さんは帰りが遅いと思いますし」

図書館は八時で閉館するけれど、今日は早番なので早く上がれる。

夕飯に誘う私に、華子さんが申し訳なさそうに謝った。

「ごめんなさい。この後予定があるの。また今度食事しましょうね」

「はい。ぜひ」と返事をすると、「櫻井さん、こんにちは」と不破さんが現れた。

なんだかデジャブ。この前華子さんが来た時も、不破さんがこんな風に現れたっけ。

「不破さん、こんにちは。昨日は福井でどうも」

「あら、彼も福井に行ったのね」

華子さんは不破さんの顔を覚えていたのか、私の話を聞いてすぐに反応する。

「ええ。どうしてもまた行きたくなりまして。じゃあ、僕は大学の課題があるので。休んだ分溜まってるんですよ」

コンピューター工学系の本を私に見せて、不破さんはまた自習室の方へ向かう。

学生さんも大変だ。

「莉乃ちゃん、私もそろそろ行かないと」

華子さんがチラッと時計を見たその時、パチッと館内の電気が消えた。

「え？　停電？」と周囲にいた人たちが騒ぎ、みんながスマホを見る。

スマホの明かりがこんなに頼もしく思えたことはない。

真っ暗ではなくなり、ちょっと安堵したのも束の間、ドンッと大きな爆発音がして――。

「華子さん！」

とっさに華子さんに覆い被さるが、なにが起こったか理解できなかった。

キャーという悲鳴が聞こえ、天井から崩れたコンクリートが降ってくる。

「みんなを避難させて～！」

同僚の声が聞こえて、驚いている場合ではないとハッとした。

「華子さん、大丈夫ですか？」

「……ええ」

華子さんは少しでも心を落ち着かせようとしているのか、胸に手を当てながら返事をする。私もスマホを出して、そのライトで周囲を照らした。

天井には空から鉄球が降ってきたのかと思えるくらい大きな穴が空いていて、うっすら月が見える。

私たちがいる周辺はコンクリートの破片やガラス片、本が散乱し、近くの壁には亀裂が走っていて、いつ建物が崩壊してもおかしくない状態だ。

この図書館は三年前に建てられたもので、老朽化が原因ではないだろう。停電といい、なにが起こっているのか。

着ていたジャケットを脱いで華子さんの頭に被せると、「すぐに避難を！　みなさん、外へ出てください」と周囲に声をかけた。

みんなパニックになっていて、キャーと悲鳴をあげながら正面玄関へと向かうが、停電で足下が見えないから手探りで進まなければならない。

障害物がないか調べながら、華子さんの肩を抱いて前に進む。平静を装ってはいたけれど、心臓がドキドキしていた。パニックになるなと、自分に必死に言い聞かせる。

服の袖で口と鼻を覆い、みんなを避難させると、華子さんに伝えた。

「華子さん、ここで他の職員の指示に従ってください」

「莉乃ちゃんは？」

彼女が不安そうな声で私の腕を掴んだ。

「館内に取り残された人がいないか見てきます」

停電だから出口がわからず逃げ遅れている人がいるかもしれない。

「危ないわ、莉乃ちゃん」

私の身を案じる彼女の肩をポンと優しく叩いて微笑んだ。

「大丈夫です。避難訓練を何度も受けていますから」

本当は怖かった。でも、私はここの職員だ。怯《おび》えているわけにはいかない。

周囲にいる同僚に「他に人がいないか確認してきます」と告げて、ひとり館内に戻る。

そういえば不破さんの姿がなかったよう……な。ちゃんと避難したのだろうか？

館内には男性職員もいて、「櫻井さんは、地下の資料室見てきて」と肩を叩かれた。

「はい」と返事をして、階段で地下に下りる。

「誰かいませんか〜！」

声を張り上げて叫ぶが反応がない。スマホのライトだけが頼りだ。

貴重な江戸初期の古典籍や浮世絵が展示されたコーナーなどを見て回る。

「誰もいない……か」

部屋に人がいないので、一階に戻ろうとしたその刹那、再びドンと爆発音がした。

「キャッ！」と声をあげてしゃがんだら、爆発の衝撃で天井が崩れ、ガラスケースが割れた。

ゴンと背中に天井の破片が落ちてきて、「うっ」と呻《うめ》く。ガラスの破片も飛び散って、いくつか身体に刺さった。

痛い……。でも、どこに刺さったかなんて確認している余裕はない。

砂煙が立ち込めて、「ゴホッ、ゴホッ」と咳き込む。

この爆発はなに？　一体なにが……。

「ゴホッ」と咳き込みながら服の袖で口元を押さえた。

だが、しばらくすると砂煙が収まり、目の前の光景に愕然とする。天井が崩れて出入り口が塞がれていたのだ。

「う……そ」

このままでは脱出できない。

出入り口の瓦礫《がれき》を取り除こうとするも、私の力ではなかなかうまくいかなかった。指は傷だらけで、爪は割れ、猫が通れるくらいの穴を作るのがやっと。

空いた穴に顔を近づけて、「誰か助けて！」と叫ぶけれど、なんの反応もない。

地下にいるせいか、人の声も聞こえなかった。

「誰か～」

再び叫んだが、誰も応えてくれなくて途端に不安になる。

もう誰も建物内にいないの？

「誰か～、誰か、助けて～！」

声を限りに叫んでも、結果は同じだった。

誰も私に気づいてくれない。完全に取り残されてしまった。まるで地球に私ひとりしかいないみたいだ。

また爆発したら……と、そんな不安が私を襲う。

怖かった。心細かった。このままでは死んでしまう。なんとか誰かに気づいてもらわないと。そうだ。スマホ。

杏さんに連絡を取るが、電波がおかしいのか繋がらない。他の職員にもかけてみたけれど、やはり応答はなかった。

だったらLINEかメールは？

両方やってみたものの、既読はつかないし、返信もない。もう打つ手がなかった。

「誰か！　誰かいませんか！　……ゴホッ」

咳き込みながらも何度も叫ぶ。

「だ、誰……か」

叫びすぎて喉が痛いし、天井がまた崩れてきて、絶望的になった。

私……このままだとここで死ぬ。

「おね……がい……誰……か……ゴホッ」

なんとか助けを呼ぼうとするけど、声が出ない。

おまけにどこかで火の手が上がっているのか、煙が立ち込めてきた。

焦げた紙の臭いがする。ますます危険な状況。

館内がダメなら、外と連絡を取ろう。

そう考えて警察や消防に電話をかけたが繋がらない。

「柊吾……さん」

怖くて……苦しくて、大好きな人の名前を呼ぶ。

このまま会えなくなってしまうのだろうか。
柊吾さんに電話をかけても、コール音すら鳴らずプチッと切れる。
ここで死んじゃうの？
どうにかして彼に連絡がつかないだろうか。
ＬＩＮＥを開いてダメ元で柊吾さんにメッセージを打つ。
【柊吾さん、私もう家に帰れないかも。ごめんなさい。ちゃんとご飯食べてください
ね。それに、ちゃんと寝てくださいね】
なんだか遺書みたい……って、ここで死んだら本当に遺書になっちゃうかも。
じっとスマホの画面を見るが、既読にならない。
……サイレンの音が微かに聞こえる。きっと救助が来たんだ。
諦めるな。なんとか私に気づいてもらわないと。
もう声は掠《かす》れてあまり出ない。
じゃあ、どうやって私がいるって知らせる？　どうやって……そうだ！
スマホでお気に入りの『クールに事件を解決します』のオープニング曲を鳴らした。
この爆発を知って柊吾さんが駆けつけてくれるかもしれない。だとしたら、彼には
私がここにいるってわかるはず。

その曲を聴いて、ほんの少し心が落ち着いた。

お願い。誰か気づいて。誰か助けに来て……。

誰か……柊吾さん——。

煙のせいか、だんだん意識が朦朧としてきた。

しっかりしなきゃっ……。ここで意識を失ったらもう助からない。

そう自分に言い聞かせるも、意識が途切れそうになるし、スマホの音楽の音も次第に小さくなっていく。

その時、「莉乃！」と柊吾さんの声が聞こえたような気がした。

幻聴だろうか？

「柊吾……さ……」

会いたくてその名前を呟けば、彼の声が少しはっきりと聞こえた。

「莉乃、待ってろ。すぐに助け出す！」

必ず助ける ― 柊吾side

「……だからあ、俺は犯人なんかじゃないって。ただのバイトって言ってんだろ。闇バイトのサイトで日給十万の仕事があったんだよ。それで雇われて、車掌の恰好して犬運んだだけ」

福井から戻った次の朝、俺は取り調べ室で、新幹線の中にいた乗客のひとりを松田と共に取り調べしていた。

年齢は二十歳。黒髪に金のメッシュ、耳にはフープピアスをした自称ミュージシャン。

東京駅の防犯カメラに爆弾が仕掛けられた犬のケージを持って歩いている男が映っていて、乗客のひとりと判明。すでに昨日俺の部下がこの男を取り調べていて、同じ供述をしている。

恐らく嘘は言ってない。部下の調べでは、男の家から爆発物やそれを作る材料は見つからなかった。

「だったら指示役と接触は？」

松田の質問に、金メッシュの男が怠そうに答える。

「ないない。スマホのアプリで連絡取っただけ。俺はなにも知らなかったんだよ」

自分は悪くないと言っている男に松田がつっこんだ。

「だからって、変な仕事するなよ」

「だって、こんな高額バイトなかなかないだろ？」

開き直る男の発言が気に入らなくて、冷ややかに言った。

「運んだ爆弾で多くの乗客が亡くなったかもしれない。お前も含めて」

「みんな生きてんじゃん」

反省していない男をギロッと睨みつける。

「闇バイトと知ってケージを運んだ時点でお前は罪を犯している。自分の罪の重さを思い知れ」

俺の怒りを知って、男が顔を強張らせて固まった。

「まあこのまま家に帰れると思ったら大間違いだから」

松田が男の肩をポンと叩いたその時、ポケットに入れておいたスマホがブルッと震えた。

部下の高橋からの着信で、すぐに電話に出る。

「はい、久世だ。なにかあったのか？」

《大変っすよ。犯人が新たにメッセージを送ってきました！　また爆弾を仕掛けたって》

「すぐにそっちに行く。松田、戻るぞ」

慌てた様子の高橋の報告を受けて表情を変えずに言葉を返し、松田に目を向けながら電話を切った。

「了解」

短く返事をする松田と共に取り調べ室を出ると、なにか察したのか彼が俺に尋ねてきた。

「犯行予告か？」

こいつとは長い付き合いだから、言葉にしなくてもいろいろわかってくれる。

「犯人からメッセージが来た」

オフィスに向かいながら口早に伝えると、松田は急に表情を変えた。

「休む暇がないな。今度も新幹線かな？」

「さあ、同じ手を使うとは思わないな。それに俺を狙ってるなら、また新幹線に仕掛けても意味がない」

今度は遊びではなく、本当に仕掛けてくるだろう。

「例の不破は？」

実は福井で不破に会ってからずっと気になっていて、部下に尾行させている。

偶然会っただけが理由じゃない。俺と莉乃が乗った新幹線の乗客リストに彼の名前があったのだ。

「特に怪しい動きはない。部下の報告だと、朝は大学、夕方から図書館に行ったってさ。久世の奥さんの勤務先の」

松田の話を聞いて、思わず顔が歪んだ。

「……そうか」

あまり彼を莉乃に近づけたくない。俺たちと一緒の新幹線に乗り、次の日にバッタリ会うなんて、偶然にしてはできすぎている。

だが、なんの確証もないのに、彼女に仕事を休めとは言えない。狙われているのは俺なんだ。

「その顔、心配なんだな。今回ばかりはお前の勘が外れるといいんだが」

彼の言葉を聞いて、杞憂に終わってほしいと願いつつ、小さく頷く。

「そうだな」

オフィスに入ると、電話してきた高橋が声をあげて俺を呼んだ。

「久世さん、マズいっすよ。見てください」

この切迫した声。相当ヤバいんだな。

部下の席に行き、ＰＣのディスプレイを見ると、テロ犯の犯行声明文が映し出されていた。

【都内の公共施設に爆弾を三つ仕掛けた。三十分以内に爆発する。せいぜい足掻けよ】

それを見て、とんでもなく嫌な予感がした。

公共施設……って図書館も含まれるんじゃないのか？

「公共施設なんて腐るほどあるぞ。三十分で探せるかよ」

横にいる松田が苛立ちながら髪をグシャッとかき上げる。

「三十分以内か。もう爆発しているかもしれない。すぐに管轄の警察署に連絡を」

俺がそう指示を出したその時、高橋が別のモニターを見て叫んだ。

「久世さん、赤坂一帯が停電です。なんかおかしいっすね。ただの停電じゃない。電力会社のシステムに誰かハッキングしたのかも」

これは偶然だろうか？　爆発が起こるタイミングで停電？　いいや、……多分偶然なんかじゃない。犯人が起こした停電だ。

公共施設に爆弾……赤坂一帯の停電……ときて、どうしても不破の顔が浮かんでくる。彼は今、莉乃が勤務している図書館にいるのだ。

もし彼が犯人だとしたら、ターゲットは莉乃？

ひょっとして警視庁のシステムのハッキングも彼の仕業か？

俺の妻だと知って彼女に近づいた？

銀座で不破に会った時から、なにか怪しいと肌で感じていた。初対面にしては、俺のことを観察するように見てきて……。

まだ推測でしかないが、不破は大学の爆破を俺たちに邪魔され、その恨みから警視庁のシステムをハッキング。それで、俺の存在を知り、莉乃に近づいたんじゃ……。

俺を苦しめるために彼女を消そうとしているんじゃないのか？

新幹線に爆弾を仕掛けたのも、狙いは俺じゃなく、彼女だったのでは？

そう考えて、身体が凍るくらい寒くなるのを感じた。

莉乃が危ない！

「皆、赤坂見附の図書館へ急行してくれ！　水城、念のために他の区域にも警官を巡回させるよう連絡を」

対策メンバーに向かって命じる。

水城が俺の顔を見て返事をすると、俺の横にいた松田がスマホを見て声をあげた。

「久世！　奥さんの図書館で爆発が！」

「久世さん、赤坂見附の図書館で爆発が！」

高橋もモニターを見て報告してきて、悪い予感が当たったと思った。

「現場に急げ。高橋はそのまま状況確認を頼む」

そう告げて地下の駐車場に向かう。

莉乃は無事なのだろうか。

犯人は爆弾を三つ仕掛けたとメッセージを送ってきた。まだひとつしか爆発してないなら、あと二回爆発するはず。

自分の車の運転席に乗ろうとしたら、松田に止められた。

「俺が運転する。今のお前は動揺してるから」

「……ああ、頼む」

確かにいつものように平静ではいられない。

松田に返事をして助手席に座ると、莉乃に電話をかけた。

しかし、コール音がするだけで繋がらない。

爆発騒ぎで気づいていないか。それとも爆発に巻き込まれたか。

「奥さん、出たか？」

もう一度電話をかけ、スマホを耳に当てている俺に松田が確認する。

「いいや、繋がらない」

首を小さく左右に振って答えると、彼が車を発進させながら俺を気遣った。

「……そうか。図書館の職員だし、利用者を避難させてるのかもしれない」

「ああ」と相槌を打って、スマホで図書館の情報を調べていると、無線連絡が入ってきた。

《……赤坂の図書館周辺には避難指示が出ていて、一般車両は通行止め……。爆発による負傷者はまだ確認中……》

こういう時、一分一秒がとても長く感じる。

現場は一体どうなっているのか？

ギュッと唇を噛んで前を見据えていたら、松田に声をかけられた。

「大丈夫。きっと奥さんは無事だ」

気休めの言葉でも、俺にはありがたかった。

多分、俺ひとりだったら、最悪の事態ばかりが頭をよぎっていただろう。

「……そうだな。ありがとう」

今は信じろ。彼女は無事だって。

自分に言い聞かせ、聞こえてくる無線の情報に耳を傾けていたら、向かっている図書館の近くでドンと爆発音がした。

「……二回目の爆発か？」

周囲はパトカーや消防の音が聞こえて騒然としている。

停電のため辺りは暗かったが、現場に着くと、パトカーの赤色灯が図書館を照らしていた。黄色い規制テープが周囲に張られている。

二度の爆破で、建物はもう原形をとどめていない。天井には穴が空いているし、どこが入り口かもわからなかった。

車を降りると、現場にいる警官に話を聞いた。

「警視庁の久世です。今の状況は？」

「まだ館内に人がいます。避難した職員や利用者は隣の公園に。負傷者は何人かいるようですが、今消防が確認中です」

「また爆発する恐れがあります。安全が確認されるまでは近づかないでください」

警官にそう注意していたら、担架《たんか》で誰かが運ばれてきた。

チラッとそちらに目を向けると、それは祖母で……。

「おばあさんもいたんですか？　どこか怪我を？」

駆け寄って声をかけたら、一気に捲し立てられた。

「私はちょっと足を捻《ひね》っただけよ。それよりも大変なのよ。まだ莉乃ちゃんが中にいるの！　ひょっとしたら建物が崩れて逃げられないのかもしれないわ。莉乃ちゃんきっと怖がってる。私が助けに行きたいのに……！」

「落ち着いてください。莉乃は絶対に俺が助けますから、病院で手当してもらってください」

諭すように言うと、祖母は俺の目をじっと見て懇願した。

「……わかったわ。必ず莉乃ちゃんを助けて」

「ええ。必ず助けます」

そう返事をすると、消防隊員に祖母を頼むと目で合図して、松田を見やった。

「図書館に人を近づけさせるな。あと、不破がいるはずだ。彼の身柄の確保を頼む」

「わかった」

「それと、俺がすぐに戻らない時には現場の指揮を任せる」

ポンと松田の背中を叩くと、そばにいた警官からライトを借りた。

「ちょっと待て。久世はなにをする気だ？」

松田が俺の腕を掴んできたが、彼の手を外して告げた。

「中にまだ人がいるんだ。それに妻も。俺が救助する」

まだ爆発する可能性がある以上、部下に救助に行けなんて命令は下せない。

だが、グズグズしていたら、莉乃が死んでしまうかもしれない。

俺自身が規定に背く。これは完全に私情だ。

「待てよ。もし爆発したら……！」

俺を止めようとする松田にニコッと笑って言う。

「戻ったら始末書を書く」

「え？　ちょっと久世くん、待ちなさいよ！」

遅れて到着してきた水城が、ギョッとした顔で俺の腕を掴んできた。

「待てない。水城は松田のサポートを！」

水城の手を振り払い、図書館に向かって走ると、どこか燃えているのか焦げくさい臭いがする。

スーツの袖で口元を覆い、真っ暗な館内をライトで照らしながら中に入る。

足元にはガラスやコンクリートの欠片《かけら》。柱もいくつか倒れていて、なかなか奥に進めない。

「誰かいるか？　いたら返事をしてくれ！」

声をかけるが反応がない。

そのまま奥へ進もうとしたら、ガシャリとガラスを踏みつける音がした。

誰かいる。もし莉乃なら俺の声に反応するはず。

まるで自分の気配を消そうとしているような感じがした。

ひょっとして……不破？

警戒しながらなるべく音を立てないように音がした方へ近づく。

張り詰めた空気。

だが、衣擦れの音がして、とっさに一歩後ろに引くと、誰かが襲いかかってきた。

「死ね！」

その声はやっぱり不破！

身を翻《ひるがえ》して避けるが、周囲が暗いせいで不破の攻撃を防ぎきれず、腕を少し切られた。

「やっぱりお前が犯人か？」

ライトで不破の顔を照らすと、彼はニヤリとしながら「ああ。そうだ」と認めた。

彼の手にはナイフが握られている。

「姿を晒すなんてとんだ失態だな。俺の妻の前に現れたこともな。警視庁のシステムをハッキングしたのもお前だな、不破将生？」

まだ証拠はないが不破に冷ややかに問うと、俺を憎悪に満ちた目で睨みつけてきた。

「まあね。どんな奴が俺の邪魔をしているのか知りたかったんだ。お前は俺の爆破計画をことごとく邪魔した」

「それはお前の計画が杜撰《ずさん》だったのが悪い。俺のせいにするな。俺が憎いから妻を狙ったのか？」

怒りを抑えながら確認すると、彼は高笑いしながら答える。

「ああ。お前がかわいい妻を失って嘆き悲しむ様を見たかったんだよ。本当は新幹線で消そうと思ったけど、お前が彼女と一緒にいたから、ゲームとして楽しむことにしたのさ。お前の弱点がわかればいつでも消せるしな」

やはり新幹線でもターゲットは莉乃だったか。

俺がいなかったら彼女が死んでいたかもしれないと思うと、沸々と怒りが込み上げてきた。

「卑怯な奴だな。弱い者を狙うなんて最低だ」

こいつだけは許せない。莉乃の命を奪おうとするなんて……。

負の感情を抑えながら不破を冷淡に罵れば、彼は「うるさい！　お前も愛しの奥さんと一緒にここで死ね！」とカッとなって俺にナイフを持った手を振り上げた。

ひょいとその攻撃をかわし、すかさず彼のみぞおちを一発殴る。

すると、彼は身を屈めて「うっ！」と呻いた。

動きが単純。身体能力も高くない。

「がっかりだよ。犯人はもっとクレバーな奴かと思っていた。こんなガキのお遊びに付き合わされるなんてな」

不破を見据え、フッと笑ってわざと挑発すると、彼は取り乱して声を荒らげる。

「黙れ！」

「耳に痛くて反論できないか？」

さらに神経を逆撫でることを言って、不破が俺に向かってくるよう仕向けた。

「黙れって言ってるだろ！」

狙い通り不破が俺にナイフを向けて突進してきたため、今度は足を蹴って転倒させ、彼のナイフを取り上げた。

「もうお前は終わりだ。観念しろ。妻の居場所を知ってるんだろう？　彼女はどこにいる?」

「……地下だよ。だが、入り口は瓦礫で塞がれてる。諦めろ」

不破がハハッと意地悪く笑うのを見て、はらわたが煮えくり返りそうになったが、グッとこらえた。本当は一発殴ってやりたいけど、そんなことをしても莉乃は助からない。

彼の背中を足で踏みつけ、ライトを床に置くと、その両腕を掴んで手錠をはめる。事件の究明のためにもこの男を死なせるわけにはいかないが、外に連れ出せば莉乃の救助に行けない。

どうする?

迷っていたら、「久世!」と松田の声がした。恐らく俺が心配で来たのだろう。

「松田こっちだ!」

ライトを向けて居場所を知らせると、彼が眩しそうに目を細めながらやってきた。

「……え?　お前の足元にいるの不破?」

俺の足元にいる不破に目を向け、松田は驚きの声をあげながら確認してくる。

「そうだ。彼のことを頼む。俺は地下に行って妻を探す」

松田にそう伝えると、彼は「わかった。俺も不破を連れ出したら後を追う。あくまでもお前の親友としてな」と言って俺の肩をポンと叩いた。

「俺と一緒に降格になっても知らんぞ」

危険だからと言ってもこいつは聞かないだろう。

止めずにそんな言葉を返したら、同期の相棒は不敵に笑った。

「降格になってもすぐに出世してやるよ」

不破を松田に任せ、コンクリートの塊《かたまり》を避けながら地下に向かう階段を探すも、上からポロポロと瓦礫が降ってきてなかなか先へ進めない。

一刻も早く彼女を見つけなくては。

地下への階段は半分倒壊していたが、なんとか地下に行けそうだった。

だが、煙が立ち込めていて「ゴホゴホッ」とむせる。

足元を慎重に確認しながら下りると、どこからか音楽が聞こえてきた。

これは……莉乃が普段よく聞いているアニメの主題歌。間違いなく彼女がここにいる。

「莉乃！」

音楽が聞こえる方向に向かうと、莉乃がいるであろう部屋は瓦礫で塞がれていた。

「莉乃、いるのか？　返事をしてくれ！」

彼女が無事でいることを祈りつつ、瓦礫の隙間に顔を近づけて叫んだ。

「莉乃！」

「柊吾……さ……」

微かに彼女の声が聞こえて少し安心する。

彼女は瓦礫のすぐ向こう側にいる。

「莉乃、待ってろ。すぐに助け出す！」

「よか……った。助けに……来てくれた」

その掠れて弱々しい声を聞いて、かなり心配になった。

怪我をしているのか、それとも煙で意識が朦朧としているのか。

早く助け出さないと――。

「怪我はないか？」

話しかけながら瓦礫を手でどかし、人が通れる大きさの穴を空けて中に入ると、莉乃が倒れていた。そばにはスマホがあって音楽が鳴っている。

ライトで彼女を照らすが、見たところ大きな外傷はなさそうだ。

頼むからこれ以上崩れるなよ。

すぐに抱き起こして「莉乃！　莉乃！」と声をかければ、彼女が「う……ん」と反応した。

「莉乃、大丈夫か？」

俺の問いかけに、彼女はうっすら目を開けて子供のように答える。

「……うん」

「よかった。本当によかった」

万が一のことを考えて恐怖が頭をよぎったこともあったけれど、今彼女は俺の腕の中にいる。

莉乃の身体をしばらく抱きしめていると、俺に会えて安心したのか彼女が意識を手放した。

このままここにいてはマズい。

口にライトをくわえ、莉乃を抱きかかえて、今来たルートを戻る。

あと少しで外に出られるというところで、ドカン！と再び大きな爆発音がした。

反射的に莉乃に覆い被さると、コンクリートの欠片が頭や背中にいくつも落ちてくる。思わず「うっ」と顔をしかめ、痛みをこらえた。

その直後に、地響きがして建物が崩れ始める。

ここでじっとしていてはいけない。

全身の痛みに耐えながら、力を振り絞って彼女を再び抱き上げると、松田がやってきた。

「久世、大丈夫か！」

「……なんとか」

意識が朦朧とするのを感じながら、松田の手を借りて、莉乃を外に運び、地面に寝かせる。

それと同じタイミングで図書館がゴォーと音を立てて崩れた。

「間一髪だったな。三度目の爆発が起こった時はもうダメかと思ったぞ」

松田の声が遠く聞こえる。

「早く……早く……救急車を」

莉乃を医者に診てもらうことしか頭になくて、クラクラする頭で訴える。

「お前……怪我したのか？　顔に血が……」

松田が俺の顔に手を伸ばしてきたが、軽く払った。

「松田……早く」

急かすように言うと、水城と救助隊が担架を持ってこちらにやってくるのが見えた。

救助隊が担架に莉乃を乗せるのを見て安堵したのか、身体の力が一気に抜けて、そのまま気を失った――。

『柊吾さん、どうですか、このドレス？』

莉乃がウエディングドレスを着て俺の前に立つ。

その笑顔はまるで女神のよう。とても眩しくてずっと眺めていたいって思う。

『綺麗だ』と返すと、彼女はとても嬉しそうに微笑んだ。

『よかった。柊吾さんも早く着替えてください。寝間着で式に出るんですか？』

『え？　寝間着？』

首を傾げる俺の頬に手を添え、彼女がゆっくりと口づける。

『まずは起きてください』

もう起きているのに、莉乃はなにを言っているのだろう。

『莉乃？』

わけがわからなくて聞き返す俺に、彼女は悪戯っぽく笑う。

『早く起きないとくすぐりますよ』

彼女が俺の脇腹に手を伸ばしてきて、パッと目が覚めた。

「……ここは？」

ベッドサイドの間接照明だけがついている十二畳くらいの広さの部屋。

ダブルサイズほどのベッドに俺は寝ていた。

スーツだったのに、いつの間にか医療用らしきブルーの寝間着を着ている。

さっきのは……夢？

「僕が勤務している大学病院だよ」

知った声が横から聞こえてそちらに目を向けると、白衣を着た和也が立っていた。

「莉乃は？」

彼女のことが気になって起き上がったら、背中や頭に痛みが走った。

「つうっ……⁉」

顔をしかめて痛みをこらえる俺を見て、和也が注意する。

「怪我したんだからそんな急に起き上がらない方がいい。背中に突き刺さったガラスを取るのにかなり苦労したよ」

「そんなことはどうでもいい。莉乃は？」

彼女のことが気になって尋ねれば、彼は表情を緩めた。

「大丈夫。無事だよ。二時間ほど前に一度目を覚ましたんだけど、どうしてもあんたが起きるまで寝ないって言い張るもんだから、僕が代わりにここに来たんだよ。仕方なくね」

仕方なくを強調するところがなんとも和也らしい。

「そうか。面倒をかけて悪かったな。莉乃はどこも怪我してなかったか？」

彼から大丈夫と聞いても、あれだけの爆発だったのだから心配だ。

「軽度の一酸化炭素中毒だったが、今は問題ない。まあ、指が爪も割れて血だらけだったし、身体に少し傷があるけど、時間が経てば治るから安心して」

医者らしく和也が淡々と莉乃の状態を口にする。

「そうか。よかった。俺が運ばれてからどれくらい経った？」

自分では一時間も気を失っていないと思っていたのだが、彼の回答は違った。

「九時間だよ。今、午前五時」

「そんなに寝てたのか？」

やらなければいけないことがいっぱいあるのに。

ハーッと溜め息をつく俺を見て、和也がフッと笑った。

「その怪我じゃ仕方がない。しばらく大立ち回りはできないだろうから、デスクワークに専念するんだね」

楽しげに言う彼をじっとりと見て言い返す。

「基本、デスクワーク中心だ」

「基本……ね。まあ、ただのキャリア官僚かと思ったけど、見直した。莉乃を守ってくれてありがとう」

まさか和也に礼を言われるとは思わなかった。なんだか気持ち悪いし、調子が狂う。それに、和也のために莉乃を守ったのではない。

「お前に礼を言われる筋合いはない」

「言うと思った。認めてあげるよ。莉乃の夫だって。僕は昔莉乃を守ってやれなかったからね」

少し寂しそうな顔をして和也が笑う。

莉乃の脚の怪我のことを言っているのだろう。

恐らく……怪我を負わせた罪悪感から、和也は自分の思いを彼女に伝えられなかったのではないだろうか。可哀想な奴だとは思うが、莉乃は譲れない。

「莉乃の病室は?」

この目で彼女の姿を見るまでは安心できない。

「隣だよ」

和也の返答を聞いてベッドを出ると、彼がギョッとした顔をする。

「久世、怪我人なんだから勝手に動き回らないでくれる？」

止められたが構わず小走りで隣の病室に入ると、莉乃がベッドで寝ていた。

点滴は受けているようだが、仰々しい医療装置は周辺にはない。

ベッドに近づいたら、スーッと寝息が聞こえて、そのことにまず安堵して莉乃の手を取ると、彼女が微かに目を開けた。

「……ん……柊吾……さん？」

まだ半分寝ているように思える。

「いいから寝ていろ。いろいろ大変だったからな」

優しく微笑んで莉乃の額にそっとキスを落とすと、安心したのかまた静かに目を閉じて眠りにつく。

彼女の手に目を向けたら、テーピングだらけで血が滲んでいた。

きっと必死で瓦礫をどかそうとしたに違いない。ひとり閉じ込められてどんなに怖かったか。もう絶対にそんな思いはさせない。

莉乃の手にもゆっくりと口づけ、彼女から離れた。

俺には莉乃や他の人々を守るためにまだやることが残っている。

彼女の病室を出ようとすると、和也がドアを塞ぐようにして立っていた。

「今度はどこに行くつもり？」

スーッと目を細めて俺に問う彼に、何食わぬ顔で答える。

「ちょっと警視庁に行ってくる。俺の服は？」

「退院を許可した覚えはないんだけど」

片眉を上げて厳しい顔をする和也をまっすぐに見据えた。

「まだ完全に事件は終わっていない」

不破にすべてを自供させないと。

俺が頑として譲らないのを見て、和也がハーッと溜め息をついて俺を通す。

「……ったく、無茶しないでよ。僕が莉乃に怒られる」

「わかってる。俺が戻るまで莉乃のこと頼む」

ポンと和也の肩を叩くと、病室に戻って着替え、タクシーで警視庁へ――。

職場に着くなり、水城と高橋が駆け寄ってきた。

「久世くん、あんた怪我人なのよ。病院に戻りなさいよ」

「そうっすよ、久世さん。ゆっくり病院で休んでてください」

「まだ不破は自供してないんだろ？」

松田の姿がどこにもない。恐らく取り調べ中なのだろう。

さっと室内を見回す俺を見て、高橋は歯切れの悪い口調で答える。

「そうっすけど……。僕たちに任せてくださいよ」

「この件が片付いたらゆっくり休む。今、松田は不破を尋問しているんだよな？」

そう返して、ふたりの返事を聞く前に取り調べ室に向かうと、水城がついてきた。

「ちょっと久世くん！」

なにを言われようが引くつもりはない。

「俺が終わらせる」

きっぱりと言い切る俺を見て諦めたのか、彼女は「……好きにしなさい」と言ってもう俺を止めなかった。

取り調べ室の前には警官がふたり立っていて、俺の姿に気づいて敬礼をする。

「ご苦労」と声をかけて中に入ると、四角いテーブルに、松田と不破が向かい合って座っていた。不破は目を閉じていて、松田はそんな彼をジーッと見据えている。

「ずっとこの状態か？」

松田に声をかけると、不機嫌そうな顔をされた。

「俺たちに任せて病院で休んでればいいものを」

「この件が解決しないと安心して休めないんだよ。で、なにか喋ったのか？」

「見ての通りだんまりを決め込んでいる」

「だんまり……か」と呟いて、松田の隣に座る。

俺が来たことに気づいているはずなのに、不破は目を開けない。

「不破、洗いざらい話してもらおうか。お前が主導で行ったテロは三年前の大学の講堂爆破事件からだな？」

松田に渡された資料を不破に向けながら問うと、彼がククッと笑った。

「警察なんだからそのくらい調べればわかるんじゃないの？」

「調べた上で確認している。新幹線に仕掛けられた爆弾と大学爆破で使用された爆弾は量は違うが同じものだった」

俺が事実を淡々と述べると、面倒くさそうに返事をする。

「はいはい、俺ですよ」

このおちゃらけた態度、気に食わない。

「爆弾はもう仕掛けていないのか？」

厳しい口調で確認すると、彼は脚を組み、椅子にふんぞり返りながら「ないね」と答えた。その言葉に嘘はないだろう。

彼は子供と同じだ。犯行声明を出して爆発事件を起こし、警察が騒ぐ様を見て楽しみたいのだ。だが、俺たちに未然に防がれ、計画はことごとく失敗。だからテロ対策本部のトップである俺を恨み、莉乃を狙った。

「なぜテロを起こそうと思った？」

動機を尋ねると、彼はうざったそうな顔で文句を言う。

「質問ばっかだね。ここにいるってことは、奥さん無事だったんだね？　残念だな」

不破が莉乃のことに触れてきたが、挑発には乗らず、平然と返した。

「取り調べとはそういうものだ。で、犯行の理由は？」

俺がしつこく質問すると、不破が急に表情を険しくして、食い入るようにテーブルを見つめる。

「……滅びればいいって思ったんだよ。みんな陰キャだって俺をバカにしやがって」

憎しみに満ちた言葉だった。

俺が調べたところでは、不破は勉強はできたが暗い性格で、中学生の頃からいじめに遭っていた。高校で不登校になるも、国内屈指の国立T大学を目指し、受験に失敗。一年浪人しても合格できず、滑り止めだった今の有名私立大に入学したが、友人もできず学内では浮き、自分勝手に怒りや憎しみを増長させていったようだ。

「そんなくだらない理由でテロを？」

テーブルの上で手を組んで不破に冷ややかに確認すれば、彼は俺の言葉が気に食わなかったのか逆上した。

「くだらないだと？　あいつら……俺より低能なくせして、俺のことをからかって……この俺に恥をかかせたんだぞ。大学受験だって、あいつらがいなければ失敗なんてしなかった。なぜバカなあいつらが大学生活を楽しんでて……あいつらよりも頭がいい俺が大学で孤立しなきゃいけないんだ？」

不破がギロッと俺を睨みつけて問いかけてきたが、彼の過去を知っていてもまったく同情する気になれなかった。

「なんでもかんでも人のせいにするな。もっと大人になれ。それに、自分を俯瞰《ふかん》してみろ。お前が大学で孤独なのも、その自分勝手な思考が原因だ」

ハーッと溜め息をつきながら説教すれば、彼はフンと鼻で笑った。

「俺は天才なんだ。自分を客観視する必要なんてない。バカな奴らをこの世から排除しなければ、この国はよくならないんだよ。大学の爆破テロが成功した時、ニュース番組の報道を見て、俺がやったんだと思うとすごくゾクゾクしたね」

どこか悦に入ったような表情をする不破に、松田が冷淡につっこんだ。

「そういう自己顕示欲は違うところで発揮すべきだったな」

「お前の幼稚な犯行のせいで、負傷者も出た。しっかり刑に服して罪を償え」

反省の色が見えない不破を睨みつけて言えば、彼はハハッと笑った。

「幼稚な犯行ね。だったら俺がハッキングしてデータ盗まれた警視庁はクズだな。警察学校に爆弾仕掛けた時も、難なく侵入できたよ」

「おお、言うね」

松田がおもしろそうに目を光らせると、不破が俺たちを見据え開き直った。

「俺はIQ140だぞ。バカな下民に鉄槌《てっつい》を下してなにが悪い？」

「へえ、それはすごいなあ。だが、上には上がいる。こいつ――久世はIQ160だぞ。お前に鉄槌下してもいいんだよな？」

なぜか松田が誇らしげに言う。不破はショックを受けたようで、目をパチクリさせて俺をじっと見ると、がっくりと項垂れた。

「……だからこいつに阻止されたのか」

その後、不破は闇バイトで必要な人員を雇ったことや、爆弾の製造方法について自供。結局、他にメンバーはいなくて不破の単独犯だった。

取り調べを終えると、松田に「お前、病院戻れ」と思い切り背中を叩かれた。

「痛い……。怪我したところを叩くな」

痛みに耐えながら文句を言う俺に、彼がヘラヘラ笑いながら謝る。

「悪い悪い。これで終わったな」

「ああ。終わった」

身体がとても軽くなったような気がする。

その後、再びタクシーで病院に戻り、真っ先に莉乃の病室に行った。

まだ彼女は眠っていて、ベッド脇に置いてある椅子に座る。

莉乃の手に自分の手を添えていると、彼女がゆっくりと目を開けた。

「おはよう。もうお昼過ぎてるぞ」

穏やかに微笑む俺を見て、彼女が抱きついてきた。

「柊吾さん、怪我は？」

「大丈夫。大したことない」

莉乃を抱きしめ返したら、彼女が顔を上げて俺を見つめる。

「助けに来てくれてありがとう」

「無事でよかったよ。手は大丈夫か？」

すでに容態は知っていたが、テーピングだらけの莉乃の手に目を向け確認する。

「大丈夫ですよ」と彼女は笑顔で答えるけれど、俺は全然笑えなかった。

「これは大丈夫とは言わない。完治するまで家事は禁止だ」

俺の命令に彼女は声をあげて反対する。

「そんなあ。お正月の準備だってあるのに」

「正月の準備ってなにをするんだ？」

なにか特別なことがあっただろうか。

「おせち作りですよ」

真剣な目で答える彼女の背中に手を回して、説得する。

「それは来年に回して、今年はゆっくり休もう」

調理が苦手な彼女がおせち作りなんて、相当大変なことになる。

チュッと軽くキスをしてみたが、彼女はまだ拒んだ。

「ダ、ダメですよ。柊吾さんにおせち食べてもらうって決めてたん……あん」

俺に訴える彼女の唇をもう一度塞いで誘惑する。

「だから、おせち作りは来年でいい」

さすがに折れると思ったのに、今日の彼女は頑なだった。

「でも……ん！」

反論する前に今度は時間をかけて莉乃の唇をついばみながらキスをすると、彼女の目がトロンとしてきた。

「俺がちゃんと休むよう莉乃には見張っててもらわないとな」

甘く口づけながら彼女に言い聞かせていたら、ガラガラッとドアが開いて和也が入ってきた。

「おふたりさん、ここ病院。いちゃつく元気があるなら、さっさと退院して自宅療養してくれない？　担当医から退院許可下りたから」

仁王立ちで注意する和也を見て莉乃は恥ずかしそうに顔を赤くしていたが、俺はニヤリとして返した。

「悪い。お言葉通り、すぐにここを出るよ」

南国での甘い時間

「……どうしてここで寝るかな？　しかも下着姿。風邪を引くだろ」

どこか遠くで彼の声が聞こえたかと思ったら、身体になにかがかけられるのを感じた。

呆れが交じったその声を聞いただけで、彼がどんな表情をしているのかわかる。きっと眉間にシワを寄せて、しかめっ面をしているに違いない。

「昨日もテレビつけっ放しでソファで爆睡してたし、なぜベッドで寝ない？　俺を待ってたんだろうけど……」

ぶつぶつと文句を言っている声が耳元で聞こえて、ゆっくりと目を開けた。

目の前には愛おしい旦那さま。

私はソファに横になっていて、身体にブランケットがかけられている。

「やっと仕事終わりました？」

ギュッと抱きついたら、「ああ」と少しぶっきら棒な声で返された。

「お酒飲んだな？」

咎めるようにジーッと彼が私を見据えてきて、クスクス笑いながら否定した。

「飲んでません。ぶどうジュースなら飲んだけど……」

私の返答を聞いて、柊吾さんがテーブルに置いてあるぶどうジュースの瓶に目を向ける。

「ひょっとしてぶどうジュースで酔った気分になってるのか？　莉乃ならありえそうだな」

驚きと呆れが混じった声で呟く彼の頬に両手を当て、目を合わせた。

「やっと仕事終わったのに、ぶどうジュースばっかり見ないでください。私、首を長ーくして柊吾さんを待ってたんですから」

「はいはい、ごめん。さあ、ベッドに行こう。世話の焼ける奥さんだな」

「だって、せっかく南国にいるのに、夜は仕事ばっかりしてるじゃないですか」

拗ねるように言ったら、彼が少し申し訳なさそうに「ごめん」と謝り、私を軽々と抱き上げる。

「柊吾さん……あったかい」

彼の胸に頬を寄せてフフッと笑ったら、怒られた。

「莉乃は冷たすぎだ。空調で冷えたんじゃないのか？　どんだけソファで寝てたんだ？」

怒ってはいるが、彼は私を優しく抱いて、寝室へ向かう。

「ん……わからない。柊吾さん待ってるうちに寝ちゃった」

ちっとも反省せずへらへら笑っている私を見て、彼がハーッと溜め息をついた。

「待たなくていいのに」

「一緒に寝たかったの」

「甘えんぼ。俺はちょっとシャワー浴びてくるからもう寝ろ。深夜過ぎてるし」

私をベッドに下ろして離れようとする彼の腕を掴んだ。

「嫌です。せっかく柊吾さん戻ってきたのに寝たくない」

「目がトロンとしてる。すぐに寝る」

まだ私から離れようとするので、彼の目を見つめて子供のように訴えた。

「寝ません」

「寝るよ」

「だって寂しい」

つれない柊吾さんの首に手を巻きつけて抱き寄せたら、少し困った顔をされた。

「そんな姿で抱きつかれると、手を出さずにはいられない。まだ体調だって万全じゃないだろ？」

「手を出していいですよ。私、もうすっかり元気ですもん」

柊吾さんのシャツのボタンをひとつひとつ外していく。止められるかと思ったけれど、彼はおもしろそうに私がボタンを外すのを眺めていた。

「ぶどうジュースで積極的になるんだな」

「柊吾さんは黙ってて」

すかさず注意する私に、彼は楽しげに「はいはい」と返事をする。

彼のシャツを脱がして露わになったのは、チーターのようにスリムで無駄な筋肉がない、美しい体躯《たいく》。

「ふふっ。すべすべですね。気持ちいい」

そのセクシーな身体に触れて、頬ずりしたら、彼から物言いがついた。

「俺だけ脱がされるのはフェアじゃないな。莉乃、万歳して」

「ん？」

彼の命令に深く考える間もなく従うと、ブラトップが宙を舞った。

上半身裸にされて、思わず肩を抱こうとしたら、彼に阻まれる。

「どうして毎回隠すかな。綺麗なのに」

彼はしばし私を見つめると、顔を近づけてゆっくりと口づけた。
――甘くて、柔らかい。
彼のキスに身体が蕩けそうだ。
幸せな気分になるのは、彼の愛が伝わってくるから。
私も彼の背中に腕を回して、唇で伝える。
愛してる――と。
そう。誰よりも彼が好き。彼にならすべてをあげられる。
「莉乃……口開けて」
言われるまま口を開けると、彼が私の頭をガシッと掴みながら舌を入れてきた。
「んん！」
激しくなるキス。彼がギアを上げて私を貪る。
それと同時に身体がカーッと熱くなって、ある衝動に駆られた。
キスだけじゃ足りない、もっと彼が欲しい。
愛おしいからこそ彼を求めてしまう。
その温もりに溺れたい。
微かに聞こえていた波の音が、柊吾さんの吐息や私の喘ぎ声でかき消されている。

なんとも親密なふたりの時間。

彼が私の胸を口に含んで吸い上げてきて、身体が弓なりになる。

「ああ……んん！」

「相変わらず感度がいいな」

柊吾さんがフッと微笑するが、彼に攻められ言葉を返す余裕がなかった。

脳天を突くような快感に、頭も身体もかき乱される。

空調で冷たくなっていた身体は、ベッドで彼と交わるうちに熱くなっていた。

彼と愛し合うのは、福井に聖地巡礼の旅行をして以来。

病院を退院した三日後、私と柊吾さんは沖縄《おきなわ》の与那国島《よなぐにじま》に来ていた。日本の最西端に位置する島で、久世グループがリゾート開発した会員制の高級ホテルに滞在している。

退院後、彼は休暇を取り、私の体力が回復すると、ここに連れてきてくれた。

私が家事をしなくて済むようにという彼の配慮だ。

家にいる時はキッチンに立とうものなら、『家事は禁止だ』と彼に注意された。

テロ事件の方は、世間ではまだ騒がれているようだけれど、ここにいるとすべて夢だったのではないかと思える。

ニュースも新聞もここに来てから見ていない。

多分、彼が私に見せないようにしているのだろう。

柊吾さんから不破さんがテロ事件の犯人だと知らされた時はショックで、最初は信じられなかった。でも、大学の連続爆破を邪魔された不破さんが柊吾さんを逆恨みし、妻である私を消そうと新幹線や図書館に爆弾を仕掛けたという説明を受けて、ようやく納得した。二回もテロに遭うなんて偶然、普通は起こらない。

新幹線の爆弾事件の時は、柊吾さんを失うんじゃないかって怖かったし、図書館が爆破された時は、ひょっとしたら私はここで死んで、柊吾さんにはもう会えないんじゃないかって朦朧とする意識の中で考えた。

不破さんがそれらを計画したことには憤りを通り越して、悲しさを感じた。図書館で会ったのも偶然ではなく、柊吾さんの妻である私に近づくためだったのだ。

三年前からの大学爆破など一連のテロ事件は不破さんの単独犯で、事件によっては闇バイトで雇った実行役がいたとか。柊吾さんの話では、不破さんはゲーム感覚で犯行に及んだようで、もっと人間らしい心を持っていたら別の人生を歩んでいたんじゃないか……って思う。不破さんにはちゃんと刑に服して罪を償ってほしい。

あんな優秀な学生さんに命を狙われるなんて想像もしてなくて人間不信になりそう

だった私に、柊吾さんは退院してからずっと寄り添ってくれた。

『上司と同僚に無理矢理休みを取らされた』なんて言ってたけど、本当は私が心配で休みを取ってくれたのだろう。私がいなければ、彼は登庁していたに違いない。

事件の後処理は部下に任せているようだが、本当は彼が自分でやりたかったんじゃないだろうか。今だってリゾート地にいるのに、夜になると別室にこもって仕事をしている。

だから、落ち込んではいられない。柊吾さんが危険を顧みずに助けてくれたんだもの。

事件の報告のためにうちに来た松田さんの話では、柊吾さんは規定を無視して爆破現場に飛び込んだそうだ。降格にはならなかったけど、警視総監から厳重注意を受けたらしい。

普通に考えても、いくら警察官だってまた爆発する可能性がある建物に入ったりしない。規定を守るべき立場の彼がそれを破った。それがどういうことか……。

松田さんに『奥さん愛されてるね』って言われても、素直に喜べなかった。私は柊吾さんに守られてばっかりだ。彼にはもっと自分を大切にしてほしいのに……。

お互い死に直面したせいだろうか。彼を求めずにはいられない。

離れないで。ずっと私のそばにいて……。

柊吾さんの背中に手を這わせ、彼の首筋にキスをする。

「今日はどうしてこんなに大胆なんだ？」

私の脚の傷跡を優しく撫でながら問う彼を見つめ、懇願した。

「柊吾さんが愛おしいんです。もっと私を頼ってください。私に……柊吾さんを守らせて」

「莉乃……」

目を大きく見開いて私を見つめる彼に反論する隙を与えず、続けて訴えた。

「私はあなたの妻です。自分だけ守られているのは嫌。だから、あなたは私が守ります」

私の思いが伝わったのか、彼が甘く微笑む。

「最高にカッコいい奥さんだな。頼りにしてる」

真摯《しんし》な目で私にそう告げると、身体を重ねてきて……。

その夜は、明け方まで愛し合った。

「ほら、これも焼けた」

柊吾さんが私の皿に鉄板で焼いた肉をのせる。

次の日の夜、私たちはホテル内の庭園でバーベキューを楽しんでいた。

「うほ……まだ……ほにふはりますよ」

〝嘘、まだお肉ありますよ〟と言いたいのに、口の中に熱々の肉があってうまく言えない。

「莉乃は華奢なんだからしっかり食べないとな」

とうもろこしを焼きながらフフッと笑う柊吾さんに手を差し出して、彼が持っているトングを渡すよう要求する。

「交代しましょう？　柊吾さん、あまり食べてないですよね」

「莉乃は食べるの専門でいいんだよ。手の怪我が治るまでは家事をさせるつもりはない」

彼が首を縦に振らないので苦笑いした。

このセリフ、退院してから何回聞いただろう。

「怪我は完治してますよ。それにあらかじめ切ってある食材を鉄板で焼くだけじゃないですか」

柊吾さん、過保護すぎます。

「火傷したら危ない」

「私、小学生じゃありませんよ」

「それはわかってる。だが、昨日も紅茶を淹れようとして火傷しただろ?」

「うっ、でもほんのちょっとですよ」

少し手にお湯がかかっただけなのに、彼は大事にする。

「いいから莉乃は食べる。とうもろこしも焼けた。熱いから気をつけろ。……いや、俺がフーフーして食べさせた方がいいかな?」

とうもろこしを私の皿にのせたはいいが、彼は考え込む。

「そんな些細なことで真剣に悩まないでくださいよ。……ふふっ」

なんだか急におかしくなって笑いが込み上げてきた。

クールな柊吾さんの意外な一面。かわいくて、愛おしくて、彼をギュッとしたくなる。

「柊吾さんがパパになったら、すごい子煩悩になりそう。おままごとにも本気で付き合ってあげて、お風呂にも入れてあげて……。パパになった柊吾さん見てみたいです」

柊吾さんそっくりの子が柊吾さんと一緒に遊ぶ。

あ〜、想像するだけで笑みが溢れる。

「そんなこと言っていいのか？　夜は寝かせないかもしれないぞ」

急に彼がセクシーな目でそんな問いかけをしたので、狼狽えた。

「しゅ、柊吾さん〜。そんな恥ずかしいこと言わないでくださいよ。近くにホテルのスタッフだっているんですから」

「どうせ聞こえない」

「いえいえ。みんな耳をそばだてているかもしれませんよ。柊吾さん、目立ちますから」

柊吾さんは超絶美形だから、人の視線を集めてしまう。本人は生まれてきてからずっとそうだったから慣れているだろうけど、私は結構緊張する。彼と一緒にいるのが私で残念って思われないかなって、どうしても気になってしまうのだ。

なのに、柊吾さんはとんでもないことを言い出す。

「視線を集めているのは、莉乃だろ？　ここの男性スタッフだってホテルマンとしての教育はしっかり受けているはずなのに、莉乃に話しかけられて顔を赤くしていた。まあ気持ちはわかる。莉乃は可憐だからな」

自慢げに言う彼の言葉を聞いて、顔がカーッと熱くなる。

「柊吾さん、可憐の意味わかってます？」

「もちろん。かわいくて守ってやりたくなるって意味だが。ああ、それに莉乃は天使みたいだな」

私をまじまじと見て真面目に言うから、余計に質が悪い。

ますます顔が熱くなって、身体中の水分が蒸発しそう。

「あ〜、柊吾さん、それ人前で絶対に言わないでください。みんな引きますよ」

「そう思っているのは莉乃だけだ。だから、危なっかしくて目が離せないんだよ。俺がちょっといないだけで、知らない男に話しかけられるじゃないか。昨日だって、宿泊客の男性に話しかけられただろ?」

彼の表情が急に険しくなるが、やましいことはなにもないので、はっきりと否定した。

「あれは道を聞かれてたんですよ。ホテルのプライベートビーチにはどう行くんだ?って」

「ナンパだ、それ。普通はホテルのスタッフに聞く」

「だから、ナンパじゃないですよ。今まで告白されたこともないんですから」

ある意味悲しい自慢だが、彼が心配するほど私はモテない。

「それは和也が睨みをきかせていたからだ。それに結婚してすぐの頃、合コンでどこか連れていかれそうになったのは誰だったかな？」

彼が意地悪く言ってきて、思わず視線を逸らした。

「……私です」

合コンのこと、結構根に持たれている？　なんだか分が悪い。

えーと、こういう時は……。

「柊吾さんもちゃんと食べてください」

皿にある肉を箸で掴み、とびきりの笑顔で彼の口に放り込む。

「……んん！」

柊吾さんが目を丸くしながら咀嚼し、食べ終わるとクックッと笑いだした。

「え？　どうしました？」

てっきり笑顔で美味しいと言うと思ったのに、なぜ噴き出すのだろう。

「完全に意表を突かれた。俺の口に肉を入れるなんて芸当ができるのは、莉乃くらい……!?」

突然ドンという大きな音がして、空に花火が上がった。

「わあ、花火！」

思わず声をあげると、彼が優しく微笑んだ。

「そういえば、今日はクリスマスイブだから八時に花火が上がるってホテルのスタッフが言ってたな」

「焼き肉食べながら花火なんて贅沢ですね」

夜空を彩る赤、青、緑、黄色といった色とりどりの花火。昔、遊園地やお祭りで見たことはあるけれど、これはすぐそばの海で打ち上げられているからすごく大きく見える。

「そうだな。こんなじっくり見るのは初めてかもしれない」

「花火が降ってきそうなくらい近く見えますよ」

私の発言を聞いて、彼が真剣に返す。

「本当に降ってきたら困るが」

警視庁のテロ対策の責任者だもの。そりゃあ、笑えないわよね。

実際、爆弾で私も彼も大変な目に遭っている。

「そうですね」

柊吾さんの言葉に頷き、肉を食べるのを一旦やめて、じっと花火を眺める。

まさかクリスマスイブに南国で花火を見るとは思わなかったな。

またひとつ彼との思い出が増えた。

フィナーレで尺玉が何十発も上がり、周囲にいる宿泊客が歓声をあげる。

「すごく綺麗」

うっとりと眺める私の横で、柊吾さんが「本当に綺麗だな」と相槌を打った。

食事を終えると、柊吾さんと浜辺を散歩した。

静かな波の音が心地よくて、落ち着く。

つい一時間前までは色鮮やかな花火が夜空に上がっていたけど、今度は満天の星。

とっても素敵な夜。

「私……南国の海に来たの、脚に怪我して以来です。連れてきてくれてありがとうございます」

昔は毎年のように家族と沖縄に行って海水浴を楽しんでいた。でも、脚に傷跡が残ってからは、家族もだけど、私も水着を着るのが嫌で海は避けていたように思う。

海水浴だけじゃない。楽しいことをいっぱい諦めていたかも。

でも、柊吾さんが私の脚のことを気にしないから、前向きになれた。

「ここに来ればさすがに家事はできないだろ？　家にいると、俺の目を盗んでいろいろやろうとするからな」

「そんな咎めるような言い方しないでくださいよ。本当にもう手は大丈夫なんですから」

手を柊吾さんに見せると、彼が私の手を掴んでそっと指に触れてきた。

「まだ爪が割れてる指がある」

まるで骨折してるかのように厳しい表情で指摘する彼に反論した。

「爪の完治を待ってたら一カ月以上かかるかもしれませんよ。爪伸びるの時間かかりますもん」

「とにかく、正月休みが終わるまでは、家事は禁止だ」

うーん、そんなに私に家事をさせたくない？　それって……。

「私に料理させないようにしてます？」

「それもあるかもしれないな」

悪戯っぽく目を光らせてあっさり認める柊吾さんの胸をトンと叩く。

「もう、柊吾さん！　じゃあ、実家に戻って特訓して、柊吾さんに美味しいと言わせてみせます！」

「結婚前はずっと実家にいたのにうまくなるのか？」

彼に容赦なくつっこまれ、言葉に詰まった。

「うっ……だって、母と和也が『莉乃は料理しちゃダメ』……って」

私に料理のセンスがないので、いつもうるさく言われていた。私が怪我をしたから、ついつい家族は過保護になっていたんだと思う。

どうしたら上手になるのだろう。彼にちゃんとしたものを作ってあげたい。

急に結婚を決めたから、花嫁修業全然しなかったのよね。

「俺が教えてもいいが、忙しくて時間が取れないしな。ばあさんに教えてもらえばいいんじゃないか？」

柊吾さんの提案を聞いて、気持ちがぱあっと明るくなる。

「それいいですね！」

柊吾さんに教えてもらうのもいいけれど、やはり料理上手になって彼をビックリさせたい。

「ただし、あの人は厳しいから覚悟するように」

彼の注意を聞いて、少し顔を強張らせながら意気込みを伝える。

「が、頑張ります！」

「あと、あまり無理しないように」

ああ、やっぱり心配性。

「わかってますよ」

そんな話をしてホテルに戻ろうとしたら、ホテルのプライベートの出入り口にホテルのスタッフがいて、手持ち線香花火を渡された。

近くに蝋燭《ろうそく》が置いてあり、宿泊客が数名花火をしている。

「せっかくだから俺たちもやろう」

「よかった。線香花火もダメって言われるかなって一瞬思っちゃいました」

「さすがに線香花火で火傷はしないだろ？　あっ、でも莉乃は……」

ためらう彼に笑顔で言い切る。

「こう見えても線香花火得意なんですよ」

相当不器用だと思われている。ここで挽回しなくては。

「線香花火に得手不得手があるのか？」

意外そうな顔をする彼に笑顔で言った。

「ありますよ。火球を落とさず長持ちさせるんです。柊吾さん、勝負しましょう」

くだらないと一笑されるかと思ったが、私が誘うと彼はクスリと笑って応じた。

「いいだろう。腕前を見せてみろ」

「絶対に勝ちますよ。いざ、勝負です」

線香花火を一本持って火薬の先を少しねじったら、彼が目を止めて尋ねた。

「それが必勝法か？」

「そうですよ」と返して、スタッフが用意してくれた蝋燭で火をつける。

小さいながらも美しく可憐な花火。なるべくじっとして長持ちさせなくては。

いつものように少し斜めに傾けると、なぜか火玉がポトッと落ちる。

え？

数秒無言になる私と柊吾さん。

「線香花火は得意って言わなかったか？」

笑いをこらえている柊吾さんをじっとりと見て言い訳する。

「こ、これはたまたまです。久々だったから」

再び勝負するが、またすぐに火玉が落ちて、思わず「あっ」と声をあげた。

なんだろう。この虚しさ。花の蕾が開く前に地面にボトッと落ちたみたい。

「力むからいけない。単純に楽しめばいいんじゃないか？」

「そうですね」

彼のアドバイスを聞いてニコッと微笑んだ。

最後の二本をふたりでやると、今度は順調に火花を出す。

ああ、この感じ。小さいけど、とっても綺麗。

柊吾さんの花火の火玉が落ちたが、私のは長持ちし、菊の花びらのような小さい火花が散っていく。

一分ぐらい経って、花火はシュッと消えた。

「これですよ、これ！　私もやればできるんです」

得意満面で言う私を見て、彼がわざとらしく驚いてみせる。

「線香花火でこんなに熱くなる人間、初めて見た」

「これくらいしか柊吾さんに勝てるものないですもん」

柊吾さんに微笑んだら、彼が甘い目で見つめ返してきた。

「そんなことはない。莉乃の明るさには負けるよ」


それから月日が流れ、次の年の春。

私は彼と休暇を過ごしたあの与那国島のホテル内にあるチャペルの前にいた。

「童話に出てくるお姫さまみたいだね。黙っていれば」

私のウエディングドレス姿を見て、和也がからかってきたけれど、笑顔で軽く流した。

「私もビックリしちゃった。やっぱりウエディングドレスって女の子の夢よね」

今日はどんなに和也に弄られても笑顔でいられる。

なぜなら今日は私と柊吾さんの結婚式――。

私と一緒にヴァージンロードを歩く父は、和也の話によると緊張からか今トイレにこもっているらしい。

まあ、互いの家族しかいない内輪だけの式なので、少しくらい遅れても大丈夫だ。

柊吾さんの家族は華子さんと彼のお兄さんが来ていて、互いの家族が初めて顔を合わせた。お兄さんは海外を飛び回っているし、柊吾さんも相変わらず仕事が忙しくて予定がなかなか合わなかったのだ。

式の前にみんなで一緒に昼食会をして交流。

柊吾さんのお兄さんは面差しが少し柊吾さんに似ていて、穏やかで優しい人だった。

『莉乃さんのようなかわいい人がうちにお嫁に来てくれて嬉しいよ』

お兄さんにそう言われてすごく嬉しかったし、彼の家族に認めてもらって安心した。

「よかったね。無事にもらい手がついて」

「うん……って、なんか捨て猫みたいに言わないでくれる？」

笑って和也につっこんだら、彼は悪戯っぽく目を光らせた。

「幼馴染の僕としては心配だったんだよ。不器用な莉乃がちゃんと嫁に行けるのかって」

散々な言われよう。

「はいはい、心配かけてごめんね」

苦笑いして謝ったら、急に和也が真面目な顔で私を見た。

「……そういえば、島に来てから食欲ないみたいだけど、大丈夫なの？」

医者だけあってよく気づくな。

「うん。一生に一度のことだから緊張してるだけだよ」

本当は別の理由があるのだが、まだ言えない。

ニコッと笑ってみせると、和也は私の背中をポンと叩いた。

「まあ、気を楽にして。内輪だけの式だから」

「ありがと。……ねえ和也、昼食会の時に柊吾さんと話してたけど、いつの間に仲良くなったの？」

そう。結婚したばかりの頃はかなり険悪だったふたりが談笑していて驚いた。しかも、この結婚式に和也を呼んだのは柊吾さんなのだ。

「仲良くなった覚えはないよ。やっぱこのまま莉乃を東京に連れて帰ろうかな。無事にやっていけるのか心配だしね」

ジーッと私を見据えて和也がひとり言のように呟くと、背後からコツンコツンと靴音が聞こえた。振り返ったら、光沢のあるダークグレーのタキシードに身を包んだ柊吾さんが私のすぐそばに立っていて、自然と笑みがこぼれる。

「だったら島から一歩も出られないようにするまでだ」

不敵に笑う柊吾さんの言葉を聞いて、和也が引き気味に笑う。

「あんた、本当にやりそうで怖いよ」

「やりそうじゃなくて必ずやる」

柊吾さんが本気にしているようなので、そばに来た彼の腕を掴んで小さく笑って訂正した。

「柊吾さん、和也の冗談ですよ」

「それはどうかな？」

和也を見据えて柊吾さんがキラリと目を光らせる。

「目が怖いよ。エリート警視正から花嫁を攫う気はない。捕まるのわかってるしね。それに、もう莉乃の夫だって認めてるから、ちゃんとお祝いするよ」

和也が拳を握って柊吾さんの胸を軽くトンと叩くと、柊吾さんが「それはどうも」

と微笑する。

「そろそろ行った方がいいんじゃない？　スタッフが捜索に来るよ」

和也が腕時計を見せると、柊吾さんは和也に返事をしながら私に目を向けた。

「ああ。莉乃、体調は大丈夫か？」

柊吾さんも私が食欲がないのを気にしている。

その理由は一昨日の夜判明したのだけれど、彼は急な仕事で数日オフィスに缶詰めになっていて今朝島に着いたばかり。その後は式の準備や昼食会があってふたりきりで話すタイミングを見つけられずにいたのだ。

「大丈夫ですよ。一生に一度の式だから緊張しているだけです」

和也にしたのと似たような説明をすると、柊吾さんは私の頬にゆっくりと触れてきた。

「祭壇で待ってる」

耳元で囁くように言われ、心臓がトクンと鳴る。

彼は私の頬を優しく撫でると、和也と一緒にチャペルの中へ入っていく。

彼らの後ろ姿をボーッと見送っていたら、父が小走りで現れた。

「莉乃、ごめん、ごめん」

手を合わせて謝る父に、クスッと笑いながら声をかける。

「大丈夫だよ、お父さん。でも、ヴァージンロード歩いてる時はトイレに行かないでね」

「ああ。そこだけは死ぬ気で頑張るよ。大事な娘の晴れ舞台だからな」

式を前にして顔を硬くしている父の肩を優しく揉んであげる。

「そんな気負わなくていいよ。お父さん、リラックスして」

相手は久世家。緊張するなという方が無理だよね。昼食会の時だって、お父さん、カチカチに固まってたもの。

「あっ、お父さん、始まるよ」

チャペルの中から音楽が聞こえてきて、父の肩をポンと叩いた。

「わかった」

父は覚悟を決めたような真剣な面持ちで返事をすると、私に目を向けた。

「柊吾さんならきっと莉乃を幸せにしてくれるはずだ」

父の言葉に胸がジーンとなっていたら、チャペルの扉が開いた。

「うん、幸せになるね」

父の腕に手をかけながら返すと、ゆっくりとヴァージンロードを歩く。

ヒールが低めの靴を用意してもらったのだけど、やはり履き慣れないせいか途中転びそうになった。でも、父がしっかりと支えてくれて……。

「ありがと」

ボソッと父に笑顔で礼を言う。

緊張してはいても、父は父だ。ちゃんとエスコートしてくれて頼りになる。

私が子供の時も、転ばないようしっかりと手を握ってくれたよね。

祭壇の前には柊吾さんがいて、私を見守ってくれている。

私の最愛の人——。

ううん、彼だけじゃない。チャペルにいるみんなが温かい目で見ていてくれる。

本当は、ウエディングドレスを着てヴァージンロードを歩きたいって思ってた。脚の傷跡のこともあって私が諦めていただけで、ずっと憧れていたんだ。

祭壇の前まで行くと、父が柊吾さんに私を託した。

「莉乃を頼むよ、柊吾さん」

柊吾さんが「はい」と口元に笑みを浮かべて返事をする。

どうしよう。まだ始まったばかりなのに泣きそう。

皆で讃美歌を歌っている間も、感極まってしまって声にならなかった。

涙を必死にこらえようとする私の手を彼がギュッと握ってくる。

「我慢しなくていい。泣いてても、笑ってても、いつだって莉乃は綺麗だよ」

彼の言葉で涙がポロポロとこぼれ落ちた。

だから、柊吾さん、褒めすぎです。

心の中で彼につっこみながら手で涙を拭っていたら、柊吾さんは今度は私の肩をそっと抱いてくれた。

少しずつ気持ちが落ち着いてきて、気遣うように私を見つめる彼と視線を合わせ、〝大丈夫です〟と目で伝えた。

「夫、柊吾は莉乃を妻とし……愛することを誓いますか？」という牧師の問いかけに柊吾さんが「はい、誓います」と私の目を見てしっかりと答えると、また涙が込み上げてきた。

でも、柊吾さんが私の手を握って微笑んでくれていて……。

「妻、莉乃は柊吾を夫とし……愛することを誓いますか？」

柊吾さんの目を見つめ、泣き笑いしながら返事をする。

「はい、誓います」

もうすでに結婚はしているけれど、やはり神の前で宣誓すると厳粛な気持ちになる。

この人に一生添い遂げよう。なにがあっても……。

だから、すぐにでも柊吾さんに伝えたい。だって、彼は私の旦那さま。

誓いのキスが終わり、柊吾さんとヴァージンロードを笑顔で退場していくが、その様子を一眼レフカメラで撮影している和也を見て、立ち止まった。

「和也、受け取って！」

和也に向かって叫ぶと、手に持っていたピンクのバラのブーケを投げた。

空中で放物線を描いて落下していくブーケを和也が、「ちょっ……えっ⁉」と声をあげながら慌ててキャッチする。

「は？　なんで僕にブーケ？」

呆気に取られた顔で私に説明を求める和也に、笑って理由を説明する。

「だって、ここに女友達呼んでないし、和也にも幸せになってもらいたいから」

「幼馴染の結婚の心配までしなくていいのに」

微笑しながら文句を言う和也の目元には、うっすら涙が光っていた。

「次は和也の番だからね」

和也を見つめて念を押し、柊吾さんとチャペルを出る。扉が閉まると、彼がクスッと笑った。

「まさか彼にブーケトスするなんてな。前代未聞じゃな……!?」

「柊吾さん、今年中にパパになるかもしれませんよ」

もう待ちきれなくて、彼の言葉を遮って伝える。

「え?」

柊吾さんがこれでもかっていうくらい目を大きく見開いて硬直した。

あっ、ものすごく驚いている。

「あの……柊吾さん、大丈夫ですか?」

私が顔を上げて柊吾さんの目を見つめると、彼は口に手を当てて、小声で返す。

「大丈夫じゃないかもしれない。もう一回、言ってくれるか?」

「はい。今年中にパパになるかもしれませんよ」

にっこり笑って伝えると、彼は私の両肩を掴んで確認してきた。

「もう病院には行ったのか?」

「いいえ。一昨日の夜、市販の検査薬で確認して陽性だったので、まだ断定はできないですけど、生理もなかったし、最近の食欲不振も妊娠が原因かなって」

図書館の爆破テロの頃から生理不順で、今回もそのうちくるだろうと思っていた。

でも、妊娠の可能性も否定できなかったので、念のために検査をしたのだ。

「柊吾さん、泊まり込みでお仕事だったでしょう？　わかってすぐに連絡しようとも考えたんですけど、お仕事の邪魔はしたくなかったし、やっぱり直接言いたくて」

「東京に戻ったらまず病院で診てもらおう。また家事禁止令出そうかな。火傷したら危ないし」

不穏な言葉を口にするので、慌てて止めた。

「やめてください。せっかく簡単な朝食なら作れるようになったんですから。それに適度に動かないと、赤ちゃんにもよくないですよ」

「それもそうだな。とにかく嬉しいよ」

柊吾さんが私の顔をしっかりと見て微笑む。

ああ、極上の笑み。彼も喜んでくれてとっても幸せ。

やっぱり電話ではなく直接言ってよかった。

「もう柊吾さんに今朝会った時から言いたくてうずうずしてたんです」

「ああ、道理で落ち着きがなかったのか。式で緊張しているからかと思った」

「まあ緊張もしましたけど」

フフッと柊吾さんと目を合わせ微笑み合うと、彼が私の背中に腕を回して抱きしめてきた。

「一生大事にする」

その言葉が私の胸を打つ。

「私をお嫁さんにしてくれてありがとうございます。今とっても幸せです」

私も柊吾さんを抱き締め返して、彼の胸に頬を寄せて告げた。

「莉乃にちゃんとウエディングドレス着せられてよかった。夢で見たんだ。でも、夢より実物の方が綺麗だな」

柊吾さん、そんな夢を見たんだ。

「私が柊吾さんの夢に出てきたなんて嬉しいです。でも、私も柊吾さんがタキシードを着て結婚の誓いをするシーンを何度も夢に見ましたよ」

自慢げに語る私を見て、彼が楽しげにからかってきた。

「斗真さまじゃなくてか?」

「柊吾さんですよ。だって、私の旦那さまは柊吾さんだけですから」

最近は柊吾さんが仕事で家にいない寂しさを、斗真さまの推し活で紛らわせている。

「俺の奥さんも莉乃だけだよ」

彼は愛おしそうに私を見つめ、甘く口づけた。

番外編 — 家族が増えて — 柊吾side

「柊吾さん、このベビー服かわいくないですか？」

莉乃が俺にベビー服のカタログを見せる。そこに写っていたのは、怪獣型のロンパース。

「かわいいが、女の子にも怪獣みたいな服を着せるのか？」

女の子が着る姿を想像して少し顔をしかめた。

実は莉乃は双子を妊娠中。現在三十六週目。もう性別はわかっていて、男の子と女の子だ。莉乃は『一度の出産で両方とも授かれるなんて嬉しい』と喜んでいる。

彼女のご両親や俺の祖母も大喜びで、祖母からは気前よく庭付きの家をプレゼントされた。

今は広尾《ひろお》にある二階建ての家に俺たちは住んでいる。

ベビーグッズはもう揃えてあるし、ベビーシッターの手配も完了していて、あとは無事に生まれてくるのを待つだけ。

「ダメですかね？　女の子でもかわいいんじゃないかって思うんですけど」

天使のような笑顔で問われ、もう反論できなくなった。

「まあ、赤ちゃんならいいか」

莉乃が喜ぶならそれが一番だ。

今は安静にしていなくてはいけなくて、体を動かすのも家の屋上や庭を少し歩く程度。近所のコンビニであっても安心して出歩かせられない。

自由に動けないから、莉乃は暇を持て余している。やることといえば、テレビを見るか、ベビー用品のカタログや育児雑誌を眺めるくらい。

家事は久世家の家政婦がやってくれていて、ついでに莉乃の監視も頼んでいる。なぜなら彼女をひとりでいさせると、平気で家事をするからだ。

本人は元気だと思っていても、お腹はスイカよりも大きくなっているからどうしても身体に負担がかかる。なにかあっては困るのだ。

俺も働き方を変えて、定時で退庁し、夜は自宅でリモートワーク。できるだけ莉乃と過ごす時間を作っている。それに、彼女の生活のサポートも俺の大事な仕事だ。入浴もひとりでさせるのは心配だし、俺がいればなにかあってもすぐに対応できる。

来週、莉乃の幼馴染の和也が勤務している大学病院で出産予定なのだが、帝王切開なのでこっちは気が気じゃない。

和也にも協力してもらい、彼女の出産は万全を期している。出産後は産後ケアホテルへ一週間ほど滞在予定だ。

なんせ双子の育児は尋常じゃないし、莉乃も帝王切開した身体では思うように動けないだろう。手厚いサポートを受けさせて、まずは彼女の体調を整えてあげたい。

「赤ちゃんが産まれたら写真いっぱい撮りましょうね。柊吾さんの子供なら絶対かわいいですよ」

「俺は莉乃の子だからかわいいって思うよ。じゃあ、お腹出して」

俺がそう言うと、莉乃が素直に従い服をめくる。

「はい」

はちきれそうなほどに大きなお腹。顔や手足はほっそりしているだけに、そのギャップがすごい。

これだけお腹が大きいから動くのも大変だ。ちょっと立ち上がるくらいでも、『よっこらしょ』と莉乃は声を出す。それだけ気合がいるのだろう。

このお腹の中にふたりも赤ちゃんがいると思うと、神秘的な感じがする。

俺と血の繋がった双子――。

今、彼女は三つの命を持っているわけで、崇《あが》めて祈りたくなる。

女性って偉大なんだと改めて思った。男の俺には代わってやることさえできないのだ。

愛用している保湿クリームを手に取り、莉乃のお腹を優しくマッサージする。

「お腹張ってないか？」

「うん。今日は大丈夫……あっ！」

莉乃が叫んだと思ったら、彼女のお腹がグニュッと動いた。

「動いたな」

俺が莉乃に目を向けると、彼女がニコッとした。

「ね。動きましたね。パパってわかって挨拶したのかも」

「それはどうかな？　ポジションの奪い合いをしてるのかもしれない」

現実的な見解を言えば、莉乃が俺の胸をポンと叩いた。

「もう柊吾さん、もっと夢を見ましょうよ」

「そういうのは莉乃に任せるよ。それにしてもこんなに動かれると大変じゃないか？」

「ちょっと痛いですけど、なにも感じないよりは安心です。動いてくれないとちゃんと生きてるのかなって不安になりますもん」

莉乃は愛おしげにお腹をさする。

「そうか。代わってあげられなくてごめん」

莉乃のお腹に触れながら謝ったら、彼女がクスクス笑いだした。

「男性が出産って怖いですよ。柊吾さんの妊夫姿想像して笑っちゃった」

「その想像はやめてくれ。俺も怖い」

眉間にシワを寄せる俺を見て、莉乃が楽しそうに声をあげて笑う。

「ふふっ。なんだかおもしろいですね。来週になったら、一気に四人家族になるんですよ」

「ああ。まるで手品だな」

父親になる心の準備期間はたっぷりあったが、それでも実際に双子を目にしたらかなり衝撃を受けそうだ。赤ちゃんなんて身近にいなかったし、育児雑誌には目を通しているけれど、俺も相当覚悟しないとテンパってしまうかもしれない。

「出産したら、このお腹が恋しくなりそう」

莉乃は妊娠がわかってからことあるごとにお腹を撫でていたから、寂しいのだろう。

「生まれたら育児が大変すぎて、恋しく思う余裕もないよ」

俺の指摘に彼女が苦笑いする。

「ああ。確かに」

「とにかく、俺もいるんだからひとりで無理しないことだ」

莉乃はひとりで頑張りすぎるところがあるから、本人が口うるさいと思ったとしても何度でも言うつもりだ。

「はい。頼りにしてます」

ふわりと微笑む彼女を見ているとホッとする。

「ふたりで過ごすのもあとちょっとだな」

「そうですね」

俺を見つめる莉乃が愛おしくて、彼女の顎を掴んでゆっくりと口づけた。

どうか母子共に健康で無事でありますように――。

運がよかったのか、彼女の悪阻《つわり》は軽かった。少し気持ち悪いと感じたくらいで、それも梅干しを食べて解決。それからは梅にハマっている。

早産の恐れもなくここまで順調にこられた。

今まで神とか信じたことなんてなかったけれど、彼女が妊娠してからは毎日祈っているし、病院で妊娠が確定したその日のうちに水天宮《すいてんぐう》で安産のお守りも買った。

祈って無事に出産できるなら何万回だって神に祈る。

この身を差し出せと言われても躊躇はしないだろう。

俺の大事な宝物なのだから。

——五日後。

病室のベッドに横になっている彼女が俺に声をかける。

「行ってきますね」

これから彼女は帝王切開による出産のために手術室に向かう。

時刻は午前九時過ぎ。

「先生たちに任せておけば心配はいらない。大丈夫だから」

「はい、戻ってきたら四人家族ですよ」

にっこり微笑む莉乃の手をしっかりと握り、彼女を送り出すと病室で待機。

ひとり残された部屋でソファに座るが、落ち着かない。

これから莉乃のお腹にメスが入れられるのだから、考えるだけで頭がおかしくなりそうだ。俺よりも莉乃の方が肝が据わっているかもしれない。

『お腹を切ったら赤ちゃんが苦しまずに出てくるんですもん。平気ですよ』と今朝は笑っていた。

こんな時なのに……いや、こんな時だからか、莉乃と出会った日のことを思い出す。

契約結婚してほとぼりが冷めたら別れるはずだったのに、気づいたら彼女のことしか考えられなくなっていた。

俺が心から愛した女性。

弱いようで強くて、明るくて、結構頑固。ついでに言うなら料理が苦手。

だけど、また来世で結婚するとしたら、絶対に彼女を選ぶ。

もう俺は莉乃しか愛せない。

どうか無事に生まれてきてくれ——。

手を組んで祈っていたら、ノックの音がして、和也と看護師が入ってきた。

ふたりの腕の中には赤ちゃんがいる。

あれが……俺の子供たち。

なんだろう。まるで夢を見ているかのように頭がふわふわする。

「赤ちゃんたち、無事に生まれたよ」

和也が小さく微笑んで報告すると、すぐにソファから立ち上がった。

「莉乃は？」

俺の質問に和也が笑顔で答えた。

「切ったお腹を縫合してる。元気そうだったよ。あとちょっとで終わる」

「よかった」

和也の話を聞き、安堵がそのまま声になる。そんな俺に彼が小さな赤ん坊を差し出した。

「この子が最初に生まれた男の子。小さいけど二五五〇グラムあるから、未熟児じゃないよ」

「ありがとう。柊《しゅう》、やっと会えたな」

名前は莉乃と決めて、息子には俺の名前を、娘には彼女の名前を一文字あげることにしたのだ。

柊は目を開けて俺をしばし見つめると、ゆっくりと目を閉じた。

顔も手もすべてが小さい。生まれたばかりの赤ん坊ってこんなに小さいのか？

「その子、柊吾にそっくりだよね。観察するように人を見る」

和也の指摘に苦笑いしながら相槌を打つ。

「確かにそうかもしれない」

「次は二番目に生まれた女の子。この子は二五〇〇グラム。双子だけど、ちょっと顔が違うね。この子は莉乃に似てる」

和也のその説明の後、看護師が俺に女の子の赤ちゃんを差し出してきたので、柊を一旦彼に預けた。

「ホントだ。この子は莉乃似だな」

そんな感想を口にしながら女の子を抱くと、目を閉じていた赤ちゃんがパチッと目を開けた。

「絢乃《あやの》、おはよう」

優しく微笑んで挨拶すると、赤ちゃんは一瞬だけ俺を見て、あくびをしてすぐに目を閉じる。

「すごく愛らしいよね？　嫁に出す時大変だよ」

和也が俺を弄ってきて、思わず真顔で返した。

「そんな遠い未来の話はするな」

「悠長なこと言ってると、変な男に攫われるよ」

意地悪く目を光らせる彼をじっとりと見据える。

「変な男ってお前のことか？」

和也とそんなくだらないやり取りをしていたら、莉乃がストレッチャーで運ばれてきた。和也や看護師の手を借りてベッドに寝かせられると、莉乃は俺に微笑んだ。

「これで四人家族ですね。一気に家族が増えた感想は？」

どこか誇らしげな顔で尋ねる彼女を見たら、感情が一気に溢れてきて涙が込み上げてきた。

愛おしさとか、嬉しさとか、感謝とか……全部ごちゃまぜになって感動で身体が震える。彼女に出会えたことで俺の人生は大きく変わった。

「最高だよ。俺に家族を作ってくれてありがとう」

家族なんて……愛するものなんて……不要だと思っていた俺を変えてくれたのは彼女だ。

目に涙を浮かべながら愛する妻に約束する。

「全力で莉乃と双子を守るよ」

俺がいて、莉乃がいて、双子がいて……。これからますます賑やかになるのだろう。

なんだかわくわくする。

無条件で愛せる。それが家族なんだな。

胸が熱くなるのを感じながら、俺の家族を見つめて微笑んだ。

The end.

あとがき

こんにちは、滝井みらんです。今回はゲストをお呼びしているんですよ〜。最後までご堪能いただけたら幸いです。

和也　なんで僕がここに呼ばれたわけ？

柊吾　莉乃が今度の休みにうちに来いってさ。

和也　それ伝えるためだけに呼び出したの？

柊吾　いや、最近、うちの双子が俺と莉乃のことを「パパ」「ママ」って呼ぶようになったんだ。

和也　それはよかったね。あんたも双子のこととなると親バカになるんだ。意外。

柊吾　苦笑いするなよ。和也も子供ができればそうなるさ。ところで、莉乃が双子の検診で病院に行った時、看護師といいちゃついてるお前を見たそうなんだが。

和也　……今日呼び出した本当の理由はそれか。

柊吾　ああ。付き合ってるのか？

和也　ズバリ聞くね？　付き合ってるよ。

柊吾　やけに素直に答えるじゃないか。
和也　言わないとあんたうちの病院の関係者に聞き込みしそうだからね。
柊吾　しないよ。その彼女もうちに連れてくるといい。
和也　ホント、あんたたち夫婦は……。結婚式で僕にブーケトスはするし、双子の子守りもさせるし……。
柊吾　文句言ってる割には嬉しそうじゃないか。
和也　煩い。彼女連れて遊びに行くよ。双子にも会いたいしね。
柊吾　楽しみにしてる。ついでに結婚式の招待状も心待ちにしてるから。
和也　……せっかちすぎる。静かに見守ってろ（怒）。

　和也にも春が来ましたね。え〜、最後になりましたが、今回かなり暴走モードだった私を支えてくださった編集担当さま、また、とっても素敵なイラストを描いてくださった吹田まふゆ先生、厚く御礼申し上げます。そして、いつも応援してくださる読者の皆さま、心より感謝しております。
　これから風邪が流行る時期ですので、体調に気をつけてくださいね。

滝井《たきい》みらん

滝井みらん先生への
ファンレターのあて先

〒104-0031
東京都中央区京橋1-3-1
八重洲口大栄ビル7F
スターツ出版株式会社　書籍編集部　気付

滝井みらん先生

本書へのご意見をお聞かせください

お買い上げいただき、ありがとうございます。
今後の編集の参考にさせていただきますので、
アンケートにお答えいただければ幸いです。

下記URLまたはQRコードから
アンケートページへお入りください。
https://www.berrys-cafe.jp/static/etc/bb

この物語はフィクションであり、
実在の人物・団体等には一切関係ありません。
本書の無断複写・転載を禁じます。

契約婚初夜、冷徹警視正の激愛が溢れて抗えない

2023年11月10日　初版第1刷発行

著　者　滝井みらん
©Milan Takii 2023
発行人　菊地修一
デザイン　hive & co.,ltd.
校　正　株式会社鷗来堂
発行所　スターツ出版株式会社
〒104-0031
東京都中央区京橋1-3-1　八重洲口大栄ビル7F
TEL　出版マーケティンググループ　03-6202-0386
(ご注文等に関するお問い合わせ)
URL　https://starts-pub.jp/
印刷所　大日本印刷株式会社

Printed in Japan

乱丁・落丁などの不良品はお取替えいたします。
上記出版マーケティンググループまでお問い合わせください。
定価はカバーに記載されています。

ISBN 978-4-8137-1500-9　C0193

ベリーズ文庫 2023年11月発売

『敏腕外科医は初恋妻を溺愛で取り戻す～もう二度と君を離さない～【極上スパダリの執着溺愛シリーズ】』 にしのムラサキ・著

受付事務の茉由里と大病院の御曹司・宏輝は婚約中。幸せ絶頂の中、彼の政略結婚を望む彼の母に別れを懇願され、茉由里は彼の未来のために姿を消すことを決意。しかしその直後、妊娠が発覚。密かに産み育てていたはずが…。「ずっと君だけを愛してる」――茉由里を探し出した宏輝の猛溺愛が止まらなくて…!?

ISBN 978-4-8137-1499-6／定価726円（本体660円＋税10%）

『契約婚初夜、冷徹警視正の激愛が溢れて抗えない』 滝井《たきい》みらん・著

図書館司書の莉乃は、知人の提案を断れずエリート警視正・柊吾とお見合いすることに。彼も結婚を本気で考えていないと思っていたのに、まさかの契約結婚を提案される！　同居が始まると、紳士だったはずの柊吾が俺様に豹変して…!?　「俺しか見るな」――独占欲全開な彼の猛溺愛に溶かし尽くされ…。

ISBN 978-4-8137-1500-9／定価748円（本体680円＋税10%）

『離婚したはずが、辣腕御曹司は揺るぎない愛でもう一度娶る』 高田《たかだ》ちさき・著

IT会社で働くOLの琴葉は、ある日新社長の補佐役に抜擢される。彼女の前に新社長として現れたのは、4年前に離婚した元夫・玲司だった。とある事情から、旧財閥の御曹司の彼に迷惑をかけまいと琴葉は身を引いた。それなのに、「俺の妻は、生涯で君しかいない」と一途すぎる溺愛猛攻がはじまって…!?

ISBN 978-4-8137-1501-6／定価726円（本体660円＋税10%）

『偽装結婚から始まる完璧御曹司の甘すぎる純愛―どうしようもないほど愛してる』 吉澤紗矢《よしざわさや》・著

カフェ店員の花穂は、過去のトラウマが原因で男性が苦手。しかし、父親から見合いを強要され困っていた。断りきれず顔合わせの場に行くと、そこにいたのは常連客である大手企業の御曹司・響一で…!?　彼の提案で偽装結婚することになった花穂。すると、予想外の甘い独占欲に蕩かされる日々が始まって…!?

ISBN 978-4-8137-1502-3／定価726円（本体660円＋税10%）

『俺様御曹司は本能愛を抑えない～傷心中でしたが溺愛で溶かされました～』 立花実咲《たちばなみさき》・著

失恋から立ち直れずにいた澄香は、花見に参加した帰り道、理想的な紳士と出会う。彼との再会を夢見ていた矢先、勤務する大手商社の御曹司・伊吹から突然プロポーズされて…!?　「君はただ俺に溺れればいい」――理想と違うはずなのに、甘く獰猛な彼からの溺愛必至な猛アプローチに澄香の心は揺れ動き…。

ISBN 978-4-8137-1503-0／定価715円（本体650円＋税10%）

ベリーズ文庫 2023年11月発売

『愛なき結婚ですが、一途な冷徹御曹司のとろ甘溺愛が始まりました』 田《た》崎《さき》くるみ・著

1年前、社長令嬢の菫子は片思いしていた御曹司の隼士と政略結婚をすることに。しかしふたりの関係はいつまでも冷え切ったまま。いつしか菫子は彼の人生を縛り付けたくないと身を引こうと決意し離婚を告げるが…。「君を誰にも渡さない」――なぜか彼の独占欲に火がついて菫子への溺愛猛攻が始まって…!?

ISBN 978-4-8137-1504-7／定価726円（本体660円＋税10%）

ベリーズ文庫 2023年12月発売予定

Now Printing

『タイトル未定(御曹司×許嫁)【極上スパダリの執着溺愛シリーズ】』 若菜《わかな》モモ・著

大学を卒業したばかりの蘭は祖母同士の口約束で御曹司・清志郎と許嫁関係。憧れの彼との結婚生活に浮足立つも、愛なき結婚に寂しさは募るばかり。そんなある日、突然クールで不愛想だったはずの彼の激愛が溢れだし…!? 「君を絶対に手放さない」──彼の優しくも熱を孕む視線に蘭は甘く蕩けていき…。

ISBN 978-4-8137-1509-2／予価660円 (本体600円+税10%)

Now Printing

『溺愛夫婦が避妊をやめた日』 葉月《はづき》りゅう・著

割烹料理店で働く依都は、客に絡まれているところを大企業の社長・史悠に助けられる。仕事に厳しいことから"鬼"と呼ばれる冷酷な彼だったが、依都には甘い独占欲を露わにしてきて!? いつしか恋人同士になったふたりは結婚を考えるようになるも、依都はとある理由から妊娠することに抵抗を感じていて…。

ISBN 978-4-8137-1510-8／予価660円 (本体600円+税10%)

Now Printing

『ホテル王の不屈の純愛~過保護な溺愛に抗えない~』 皐月《さつき》なおみ・著

母を亡くし無気力な生活を送る日奈子。幼なじみで九条グループの御曹司・宗一郎に淡い恋心を抱いていたが、母の遺書に「宗一郎を好きになってはいけない」とあり、彼への気持ちを封印しようと決意。そんな中、突然彼からプロポーズされて…!? 彼の過保護な溺愛で次第に日奈子は身も心も溶けていき…。

ISBN 978-4-8137-1511-5／予価660円 (本体600円+税10%)

Now Printing

『タイトル未定(救急医×ベビー)』 未華空央《みはなそらお》・著

看護師の芽衣は仕事の悩みを聞いてもらったことで、エリート救急医・元宮と急接近。独占欲を露わにした彼に惹かれ甘い夜を過ごした後、元宮が結婚し渡米する噂を聞いてしまう。身を引いて娘をひとり産み育てていた頃、彼が目の前に現れて…! 「もう、抑えきれない」ママになっても溺愛されっぱなしで…!?

ISBN 978-4-8137-1512-2／予価660円 (本体600円+税10%)

Now Printing

『タイトル未定(社長×契約結婚)』 黒乃梓《くろのあずさ》・著

大手企業で契約社員として働く傍ら、伯母の家事代行会社を手伝っている未希。ある日、家事代行の客先へ向かうと、勤め先の社長・隼人の家で…!? 副業がバレた上、契約結婚を持ちかけられる。「君の仕事は俺に甘やかされることだろ?」──仕事の延長の"妻業"のはずが、甘い溺愛に未希の心は溶かされていき…。

ISBN 978-4-8137-1513-9／予価660円 (本体600円+税10%)

タイトル、価格等は変更になることがございますのでご了承ください。

ベリーズ文庫 2023年12月発売予定

Now Printing

『初めましてこんにちは、離婚してください[新装版]』 あさぎ千《ち》夜《よ》春《はる》・著

家のために若くして政略結婚させられた莉央。相手は、容姿端麗だけど冷徹なIT界の帝王・高嶺。互いに顔も知らないまま十年が経ち、莉央はついに“夫”に離婚を突きつける。けれど高嶺は離婚を拒否し、まさかの溺愛モード全開に豹変して…!? 大ヒット作を装い新たに刊行! 特別書き下ろし番外編付き!

ISBN 978-4-8137-1514-6／予価660円（本体600円＋税10%）

Now Printing

『慈善事業はもうたくさん!～転生聖女は、神殿から逃げ出したい～』 坂《さか》野《の》真《ま》夢《む》・著

神の声を聞ける聖女・ブランシュはお人よしで苦労性。ある時、神から“結婚せよ”とのお告げがあり、訳ありの辺境伯・オレールの元へ嫁ぐことに! 彼は冷めた態度だが、ブランシュは領民の役に立とうと日々奮闘。するとオレールの不器用な愛が漏れ出してきて…。聖女が俗世で幸せになっていいんですか…!?

ISBN 978-4-8137-1515-3／予価660円（本体600円＋税10%）

タイトル、価格等は変更になることがございますのでご了承ください。

電子書籍限定

恋にはいろんな色がある。

マカロン文庫 大人気発売中！

通勤中やお休み前のちょっとした時間に楽しめる電子書籍レーベル『マカロン文庫』より、毎月続々と新刊発売中！　大好きな人に溺愛されるようなハッピーな恋から、なにげない日常に幸せを感じるほのぼのした恋、届かない想いに胸が苦しくなる切ない恋まで、そのときの気分にピッタリな恋が見つかるはず。

［話題の人気作品］

クールな御曹司との溺甘一夜でまさかの懐妊…!?

『敏腕社長との秘密の身ごもり一夜～身を引くはずが、迎えにきた御曹司に赤ちゃんごと溺愛されました～』
砂川雨路・著　定価550円（本体500円＋税10%）

エリート御曹司は娘ごと至極の愛で抱き包む…！

『エリート御曹司はママになった初恋妻に最愛を注ぎ続ける』
宝月なごみ・著　定価550円（本体500円＋税10%）

「どんな手段を使っても、君を手に入れる」

『俺様パイロットは娶り落とした契約妻をじっくり愛したい【極甘オフィスラブシリーズ】』
Yabe・著　定価550円（本体500円＋税10%）

契約妻なのに、冷徹御曹司の熱すぎる溺愛に抱かれて…。

『クールな御曹司は離婚予定日に抑えきれない溺愛を放つ～契約妻なのに、独占欲で囲われました～』
中山紡希・著　定価550円（本体500円＋税10%）

各電子書店で販売中

電子書店パピレス　honto　amazonkindle
BookLive!　Rakuten kobo　どこでも読書

詳しくは、ベリーズカフェをチェック！
小説サイト Berry's Cafe
http://www.berrys-cafe.jp

マカロン文庫編集部のTwitterをフォローしよう
@Macaron_edit 毎月の新刊情報をつぶやきます♪